ADOLPHE CHEVASSUS

LES

JURASSIENNES

POÉSIES NOUVELLES

PARIS

C. VANIER, LIBRAIRE-ÉDITEUR

19, RUE LAMARTINE, 19

—

1863

LES

JURASSIENNES

Paris. — Typographie de Vallée, 15, rue Breda.

ADOLPHE CHEVASSUS

LES

JURASSIENNES

POÉSIES NOUVELLES

PARIS

C. VANIER, LIBRAIRE-ÉDITEUR

19, RUE LAMARTINE, 19

1863

LES

JURASSIENNES

RÊVERIE SUR LE LAC LÉMAN

Quand pourrai-je habiter, au flanc de la colline
D'où s'échappe en torrent une onde cristalline,
Quelque chalet rustique avec toit ardoisé,
Agréable villa, charmant et frais cottage,
Maisonnette des champs, poétique ermitage,
Loin du bruit de la foule, en quelque coin boisé !

Pourvu que la maison soit coquette et pimpante
Comme une fleur de Mai ; que la vigne grimpante
Sur ma porte au matin se partage en auvent;
Que, rêveur accroupi près de la verte allée,
Mon regard aisément plonge dans la vallée ;
Que ma chambre au midi soit à l'abri du vent;

Pourvu qu'en murmurant sur l'herbe et sur la mousse,
L'eau claire d'un ruisseau s'écoule en pente douce,
Au long de mon jardin et parmi des roseaux ;
Qu'un ange chaque soir vienne charmer ma veille ;
Que, mollement bercé, le matin je m'éveille
Aux soupirs de la brise, aux doux chants des oiseaux.

Là, je serais heureux ; car la foule me pèse,
La Parque Lachésis, — tant j'y vivrais à l'aise, —
Me filerait des jours d'argent, de pourpre et d'or,
Sur les bords de ce lac où glissent tant de voiles,
Sous ce ciel éclatant où brillent tant d'étoiles,
Près des monts couronnant ce magique décor.

Oh ! voir en papillons changer les chrysalides !
Oh ! semblables à ceux des blondes Hespérides,

Voir pendre des fruits d'or en mon verger bien clos !
Rêver au bois désert amours et découvertes,
Voir du seuil du logis des palissades vertes
Courir à claire-voie autour de mon enclos ;

Voir passer par essaim les brunes moissonneuses
Dont la chanson se mêle au refrain des glaneuses,
Folle et rieuse troupe en jupons gris de lin ;
Entre d'épais buissons de blanches aubépines,
Suivre au hasard, parmi des touffes d'églantines,
Le sentier de la ferme ou celui du moulin ;

S'égarer en songeant dans la forêt prochaine,
Ou pêcher dans l'étang, ou chasser dans la plaine,
Visiter à loisir, — comme un géant dressé, —
Le gothique donjon, feodale demeure,
Où la nuit, comme un glas, le vent gémit et pleure,
Vieux débris de manoir dans le val encaissé ;

Aller au petit jour, les pieds dans la rosée,
Voir des pleurs de la nuit chaque plante arrosée,
Voir l'agreste bleuet parmi les blés tapi,

L'écarlate pavot, l'odorante jonquille,
Et cette fleur des prés dont l'étoile scintille (1),
Au tranchant de la faux tomber avec l'épi ;

Quand viendrait des amis la troupe familière,
Par un beau jour de mai pendre la crémaillère,
Danser sur la pelouse et fêter le flacon,
A certains fûts vantés appliquant la canelle,
Au bruit de joyeux chants, vider sous la tonnelle
De grands verres d'Aï, de Beaune ou de Mâcon ;

Dans la saison d'hiver, quand la neige ou le givre
Sous mon toit plus souvent m'obligerait à vivre,
Près d'un feu vif et clair lisant ou crayonnant,
Les pieds sur les chenets, dans ma verte causeuse
Abriter chaudement ma nature frileuse,
Bien avant dans la nuit rêver en tisonnant.....

Sur le *Guillaume Tell* parti du pont des Bergues,
Ce bucolique vœu, je l'ai fait un matin

(1) La pâquerette.

A l'avant du bateau qui, sans voiles ni vergues,
Fendait l'eau comme un cygne ou comme un brigantin.

L'air était frais et pur, et la brise embaumée;
Quelque zéphir ailé dans l'air se balançait;
La vapeur en longs jets répandait sa fumée
Et, comme un trait léger, rapide s'avançait.

Je voyais à regret s'éloigner le rivage,
Genève et ses beaux quais dans la brume perdus ;
Et mes yeux éblouis contemplaient le sillage
Argentant les flots bleus vers la quille tendus.

Et ce n'était partout que de confus murmures,
Des soupirs de colombe et des bruits de roseaux;
Les oiseaux gazouillaient sous d'épaisses ramures,
Les poissons s'agitaient au plus profond des eaux.

Et j'allais, saluant sur la rive française
Evian et Thonon, étapes du chemin,
Rolle, Morge et Nyon, que l'on pourrait à l'aise
Visiter du regard et toucher de la main.

Puis Ouchy, d'où l'on part pour monter à Lausanne
Qu'habitèrent Jean-Jacque et Voltaire et Gibon,
Où déjeunant j'ai pu dire à la caravane :
Le pays est charmant et le repos est bon.

Mâcon, 14 août 1861.

DE MACON A CHAMBÉRY, EN CHEMIN DE FER

RÉALISME

A Monsieur F. Volusant.

Le signal est donné : gai voyageur tu n'as
Plus qu'à partir au gré de la vapeur captive ;
Le lourd convoi s'ébranle, et devers Taponas
Glisse à grand bruit. Déjà, changeant de perspective,
Entre deux gros soupirs de la locomotive
Deux fois on a crié : Pont-de-Veyle et Vonnas !

Nous volons et je crois que l'on augmente ici
La vitesse du train qui devance la brise :
Veille bien au danger, ô pilote noirci ;

La terre sous nos pieds file rayée et grise,
Tout passe en tournoyant, et la forme indécise
D'un clocher se dessine ; à son faîte aminci

J'ai reconnu Polliat, Bourg est proche, et voilà,
Montrant au voyageur sa dentelle de pierres,
Brou, le joyau sculpté, que l'artiste isola
Quand de Carrare il eut fouillé les marbrières,
A deux pas de la ville. Aujourd'hui des barrières (1)
En défendent l'abord ; muse, arrêtons-nous là...

Ce sont des lacs d'amour dans le marbre tracés,
Travaillés avec art, d'élégantes nervures,
Des bouquets, des fleurons, des groupes enlacés,
Des niches, des rinceaux, de charmantes moulures ;
Et l'on ne voit partout que belles ciselures,
Culs-de-lampe flottants, chiffres entrelacés.

Sans être archéologue, on aime à visiter
Jusque dans ses recoins cette gothique église,

(1) La façade de l'église était alors, sans doute pour cause
de réparations, entourée d'une palissade.

Ces prodiges de l'art qu'on voudrait imiter :
En fera-t-on jamais qu'une froide analyse?
Marguerite en son deuil pleurait comme Artémise,
Qui rêvant d'un chef-d'œuvre a su l'exécuter...

Pour voir ce qui se passe en mon compartiment,
Laissons là le gothique et parlons d'autres choses ;
Car qui sait observer n'y voit pas seulement
Des vasistas ouverts et des portières closes;
Les visages sont gais et les couleurs sont roses,
Lorsque du pittoresque on a le sentiment.

C'est d'abord, à ma droite, un monsieur bien ganté ;
Plus loin c'est une brune et pâle voyageuse
Dont le printemps s'efface et qui touche à l'été.
Va, roule prestement ta prunelle orageuse !
On devine à te voir, agaçante ou songeuse,
La coquette émérite au desordre apprêté.

Mais qui donc est au fond? C'est, me dit mon voisin,
Un notaire ventru, flanqué d'un huissier maigre ;
Pour sûr, vous ne comptiez pas voir en ce sixain

1.

Un notaire, un huissier ; le premier, comme un nègre.
A les cheveux crépus, et l'autre, plus allègre,
Me semble aimer ûn peu le doux jus du raisin.

Mais là, tout près de moi, qu'ai-je donc entrevu?
Un ange à mes côtés a-t-il plié son aile ?
Je ne sais ; mais je crois que jamais je n'ai vu,
Sous une simple mise, une femme aussi belle ;
On me dit qu'elle est veuve et qu'on la nomme Angèle ;
De ce hasard heureux j'admire l'imprévu.

Me direz-vous pourquoi? Je ne le sais pas bien,
Mais toujours à ce nom mélodieux d'Angèle,
Mon esprit se retrace un être aérien,
Céleste et vaporeux comme la fée Urgèle,
Ou comme la Péri du ballet de Gisèle,
Plus léger mille fois qu'un souffle éolien.

Et par contraste aux noms de Pierrette ou Gothon,
Je m'imagine voir un gros teint de bouchère,
Rude main, bouche énorme et grotesque menton,
Des appas dont l'ampleur à d'autres serait chère,

Front bruni par le hâle et des doigts de vachère,
Pompeusement ornés de bagues de laiton.

C'est peut-être une erreur ; mais il est à vingt ans,
Un de ces noms chéris qu'on murmure et qu'on aime,
Qui dans nos souvenirs reste gravé longtemps.
A celle qui le porte, hélas ! on voudrait même,
Avec un pur hommage, offrir un diadème,
C'est un songe doré que dissipe le temps...

Un songe que j'ai fait dans le pré du moulin,
Où la roue en tournant faisait rude tapage ;
Sur sa robe agraffant un blanc fichu de lin,
Légère, elle accourait sous l'abri de feuillage ;
Là, parfois nous laissions une larme à la page,
En fermant ce poëme appelé *Jocelyn*.

C'était vers l'âge heureux des premières amours.
Oh ! s'aimer, se le dire et se voir à toute heure !
Je me prends quelquefois à regretter ces jours
Où le cœur me battait rien qu'à voir sa demeure !
Ces doux instants ont fui, le souvenir en meure !
A notre voyageuse arrivons sans détours.

Aimez-vous les yeux bleus, en amande fendus,
Une main patricienne avec des ongles roses,
Des cheveux en bandeaux artistement tordus,
Un délicieux sourire et des lèvres mi-closes,
Une mise décente et les suaves poses
Des anges qu'on croirait sur terre descendus?

Aimez-vous au corsage une fleur des vallons,
Un coquet petit pied, fine jambe, une taille
En corselet de guêpe et des bras blancs et ronds,
Des touffes de bluets sous un chapeau de paille?
Aimez-vous, dites-moi, le peigne aux dents d'écaille,
Sous un réseau léger mordant des cheveux blonds?

Angèle a tout cela. Plus blanche que Phœbé,
Elle est là s'accoudant, souriante et rêveuse,
Dans un coin du wagon, et comme Niobé,
Baisant avec amour une tête de Greuze,
Une charmante enfant qui la rend bien heureuse,
Plus fraîche qu'une rose et plus blonde qu'Hébé.

Je lui parle, et sa voix, d'un timbre caressant,
Répond à ma voix creuse en notes argentines.

Je n'entendis jamais un plus suave accent...
Elle a, comme on dirait, des grâces enfantines,
Et ces grands yeux voilés des brunes Florentines...
C'est un corps de sylphide au regard languissant.

Cependant le train vole, et depuis Ambérieu,
Des grands noms du parcours j'ai dressé l'inventaire :
Saint-Rambert et Tenay, Rossillon, Virieu,
Artemare où, sans pleurs, j'ai perdu le notaire ;
Mais Angèle à Culoz, hélas ! met pied à terre
Et me jette en partant un sympathique adieu.

Ai-je dit qu'à Pont-d'Ain, l'huissier s'est arrêté ?
Qu'en gare d'Ambronay, la brune sémillante
Dont je parlais naguère et qui touche à l'été,
Avait quitté le train, alerte et sautillante !
Qu'à Tenay mon voisin à mine bienveillante
M'avait fait un salut plein d'amabilité ?...

Ainsi je reste seul et le cœur désolé.
Ah ! qu'un sylphe de l'air me dépose à ta porte...
Mais pendant que je rêve à cet ange envolé,

La machine en sifflant comme un fétu m'emporte :
Adieu, mais que toujours l'aile des vents m'apporte
Ce sourire attrayant à tes lèvres collé !

Qu'est-ce donc qui me charme et m'attendrit ainsi ?
Est-ce son doux regard ou sa désinvolture?
Ah! peut-être voudrais-je à l'été, près d'ici,
Sous le toit qu'elle habite en cette âpre nature,
Passer mes quelques jours de villégiature,
Le cœur palpitant d'aise et libre de souci !

Dans un étui de nacre et de maroquin vert,
Je prends pour me distraire un cigare et l'allume ;
Le site est monotone et le temps est couvert...
Que faire en un wagon, à moins que l'on ne fume?
Surtout quand on est seul et que la froide brume
S'étend comme un manteau sur l'horizon désert...

Mais quel est donc là-bas ce grand clocher jauni,
A coup sûr ce n'est pas celui de la ballade
Du regretté Musset. A son sommet béni,
La flèche ne va pas, comme allait Encelade

Escaladant le ciel, et la lune malade
Ne vient pas s'y poser comme un point sur un i.

Ce val est pittoresque et n'est point trop vanté.....
Mais ici pour mieux voir j'ouvre des yeux avides.
Voici, roulant avec impétuosité,
Le Rhône à la voix forte, aux courants si rapides,
Puis le lac du Bourget aux flots bleus et limpides,
Qu'en vers harmonieux Lamartine a chanté.

Saluons Chambéry, car c'est là que sont nés
Les de Maistre, dont l'un (1) décrivit en décembre,
Et comme en se jouant, sur feuillets satinés,
Ce voyage charmant fait autour de sa chambre...
Mais la brise a fraîchi, nous sommes en septembre ;
Les beaux jours en ce mois sont des jours fortunés.

Un peu brisé, j'arrive au terme du chemin ;
Mais à l'hôtel de France on trouve bonne table ;

---

(1) Xavier.

Allons, à ma toilette un léger coup de main,
Je dois être défait, c'est chose inévitable ;
Je vais prendre, je crois, un repas confortable ;
Les Charmettes auront ma visite demain.

28 septembre 1861.

SAINT-POINT

A M. Alphonse de Lamartine.

Je les ai, jeune encor, bien souvent dévorées
Des chants de *Jocelyn* les pages adorées,
Où presque chaque vers finit par un sanglot.
Mélodieux soupirs où la Muse attendrie
Sur un rhythme divin tour à tour chante et prie,
Où le cœur jusqu'aux cieux s'élève comme un flot.

J'allais, suivant l'essaim des blondes jeunes filles,
Voir tomber à poignée, au tranchant des faucilles,
Les beaux épis dorés au temps de la moisson,
Où parmi les blés mûrs, prêts à nouer en gerbes,
Se dressaient les bleuets et les pavots superbes ;
Là, je lisais, blotti dans l'ombre d'un buisson,

Les beaux vers (1) où, d'abord pur esprit de lumière,
Par degrés se transforme et revêt la matière
Cet ange diaphane à ton souffle animé,
Tes *Méditations* suivant tes *Harmonies,*
Ces poëmes remplis de grâces infinies,
Où la raison s'enchâsse en un écrin rimé.

Quand l'hiver étendait son froid manteau de neige,
Je voyais dans mon rêve, aux sommets de Valneige,
Passer le bon ermite, un livre dans la main,
Errant parmi les bois en regrettant Laurence,
Brisé par un amour, hélas! sans espérance,
Et les pieds tout meurtris des cailloux du chemin.

Sous tes doigts exercés les cordes de ta lyre
Modulaient tendrement le nom chéri d'Elvire;
La France applaudissait à de si doux accords...
Ces suaves accents dont l'oreille est charmée,
Dieu te les inspirait ou bien la femme aimée,
Quand d'un lac enchanteur (2) tu parcourais les bords!

(1) *La Chute d'un Ange.*
(2) Le lac du Bourget.

Sensible admirateur de tes charmants ouvrages,
Que de fois j'ai marqué par des larmes aux pages,
A défaut des signets, tes livres feuilletés !
Combien j'ai savouré ces purs élans de l'âme,
Ces vers une fois lus que toujours on déclame,
Écho de l'un à l'autre incessamment jetés !

Pour saluer Saint-Point, où ta douleur s'abrite,
Je suivis un matin ta route favorite ;
Mais, malgré mon désir et sûr d'un bon accueil,
Je n'osai m'avancer sous ta porte entr'ouverte ;
Je savais ta maison au voyageur ouverte ;
La crainte ou le respect me cloua sur le seuil.

J'errai dans la campagne autour de ta demeure,
La nuit du haut des mons descendait. C'était l'heure
Où le métayer las ramène du sillon
Son rustique attelage aux paisibles allures ;
Je m'assis écoutant parmi de frais murmures
La plainte de la brise et le cri du grillon...

Saint-Point de ton séjour conservera la trace ;
Plus fêté que Tibur, illustré par Horace,

Que la villa latine (1) où l'orateur romain (2),
Dans ses bosquets ombreux, traçait ses *Tusculanes*,
Chacun viendra s'asseoir à l'ombre des platanes
Et des noyers épars qui bordent le chemin.

Le jour — que Dieu l'éloigne — où du sort tributaire,
Ta belle âme immortelle aura quitté la terre,
Combien voudront alors visiter ton enclos!
Ces lieux tout pleins de toi, la colline et la plaine,
Où ton souffle a passé comme une tiède haleine,
Ce nid d'aigle qui vit tant de chefs-d'œuvre éclos !

Ce solitaire asile où Celui qui l'embrase
Se révélait sans doute à ta sublime extase,
Où luttait ton courage avec l'adversité;
Ce poétique Eden devenu ton calvaire,
Où tu marchais courbé sous le faix littéraire
Dans le rude sentier de l'immortalité.

Qu'on te laisse du moins ta retraite choisie,
Ce val tout parfumé d'ombre et de poésie,

(1) Tusculum. — (2) Cicéron.

Où dort ta Julia d'un funèbre sommeil!
Que cette terre agreste, aux ouragans fermée,
Soit à jamais pour toi l'oasis embaumée
Où nul ne te dispute un rayon de soleil!

Ah! si quelque insensé que sa folie entraîne
Va parfois au grand jour insulter à ta peine,
Que d'amis inconnus désirent t'obliger!
Combien, dont le cœur saigne en voyant qu'on t'outrage,
Qui ne pouvant t'offrir que leur pieux hommage,
Se résignent à plaindre au lieu de soulager!

Laisse donc s'agiter et la haine et l'envie.
Que pourrait inventer même la calomnie?
Quel soupçon de ton âme oserait approcher?
Nombreux sont les bienfaits dont ta vie est semée;
Ton beau nom doit encor grandir en renommée,
En vain à la ternir ils semblent s'attacher,

Ces détracteurs du beau, du noble ou du sublime :
Ils s'useront les dents à mordre sur la lime,
Vrais serpents de la fable, en voulant t'avilir;

Hercule se rira des efforts d'un pygmée,
Car dans nos cieux ton astre, étoile bien-aimée,
Comme un phare étincelle et ne saurait pâlir.

Niront-ils cette date (1) inscrite dans l'histoire,
Où tu fis pour la France autant que pour ta gloire?
Où, repoussant du geste un sanglant oripeau,
Ton éloquente voix, en ce jour de colère,
Sut réduire au néant l'émeute populaire,
La foule effervescente et le rouge drapeau?

O toi dont la pensée au feu sacré s'allume,
Quand donc finira-t-il ce labeur de la plume?
N'auras-tu que du pain de sueur arrosé?
Te faudra-t-il encore écrire feuille à feuille,
Au bord de la vieillesse où l'âme se recueille,
Où le cœur se souvient plus calme et reposé?

Ah! que Dieu qui m'entend t'accorde quelque trêve!
Qu'une vie aussi belle heureusement s'achève!

(1) 23 février 1848.

Qu'à Saint-Point désormais tranquille et retiré,
D'un sympathique élan la France te console !
Moi, je t'aime et t'admire, accepte pour obole
Le pleur que de mes yeux ta détresse a tiré.

Mâcon, 27 octobre 1861.

Lettre adressée à l'auteur des *JURASSIENNES*.

Monsieur,

Ces beaux vers m'arrivent dans l'ère des disgrâces im-
méritées, comme une consolation plus que poétique. Venez
donc un jour m'offrir à serrer la main qui a écrit. Il est si
doux de se sentir plaint et aimé si près de l'asile où l'on a
vécu et d'où le sort vous chasse à jamais ; une voix y reste
pour parler de vous aux murs et aux arbres : c'est l'écho
vivant de votre vie.

A vous de cœur.

LAMARTINE.

PAR MONTS ET PAR VAUX

A M. Auguste D......., à Mme (Jura).

On a trop vanté l'Oberland ;
Il faut au moins une fois l'an
    Voir la contrée
Où je vais en philosophant;
La nature, un jour, tout enfant
    M'y fut montrée.

On trouve là rocs sourcilleux ,
Chemins tortus et rocailleux,
    Plantes alpines,
Arbustes nains, genévriers,
Buissons de houx, de coudriers
    Et d'aubépines.

Des monts où règnent les zéphirs,
Des lacs bleus comme des saphirs
    Ou des turquoises,

2

Des étangs au cristal dormant
Parmi les bois, grands seulement
De quelques toises.

Des torrents au flanc du rocher
D'où nul n'oserait approcher,
Tant est bruyante
Leur chute en certaine saison,
Où se répand sur le gazon
L'onde écumante.

Des forêts, antres des Sylvains,
Des pics altiers, d'affreux ravins
Sur la montagne;
D'harmonieux petits ruisseaux,
Babillant sous de verts berceaux
Dans la campagne...

Elle est déchue, assurément,
Celle qui fut anciennement
La ville sainte (1),

(1) Orgelet, ville sainte à l'époque celtique, centre d'une

Avec trois épis pour blason,
Gardant une illustre maison
    Dans son enceinte.

Du château fort démantelé
Il reste un pan noir crénelé
    Sur la colline ;
Mais on m'indique avec orgueil
Un gigan.. sque et vieux tilleul (1),
    Et je m'incline.

Là, sous un ciel resplendissant,
L'horizon va s'élargissant,
    Le tableau change ;
Au dernier plan, la tour du Meix (2)
Avec la ruine à son sommet
    D'aspect étrange.

des plus vastes baronnies de la province au moyen-âge,
séjour ordinaire des prince de Châlons-Auxerre, etc.
  (1) Le tilleul de la promenade de l'Orme.
  (2) On prononce *mai*.

Et dans le lit qu'il s'est creusé
Tout au fond du vallon boisé,
Plage déserte,
L'Ain clair, limpide et poissonneux
Roule entre des bords sablonneux
Son onde verte.

Il est sombre, et me plaît ainsi,
Le paysage que voici :
C'est la Chartreuse (1) :
Des champs et des prés pour décor
Le rendent moins austère encor
Que Vallombreuse (2).

Les environs sont giboyeux ;
Devant certain chasseur joyeux (3)
On s'agenouille ;
Jamais au logis le matin

---

(1) La chartreuse de Vaucluse, sur la rive droite de l'Ain, aujourd'hui propriété particulière.
(2) Célèbre abbaye dans les Apennins.
(3) Notre ami M. Passot, de Moirans.

On ne vit ce fier Moirantin
Rentrer bredouille.

Voilà dans son cadre de buis
Cette agréable grange aux Guis (1),
Douce demeure,
Fraîche oasis, asile clos ;
On peut fort bien dans cet enclos
Oublier l'heure...

Elle est pittoresque, pourtant,
La ville active qui s'étend
Près de la Bienne (2),
Portant d'azur au croissant d'or ;
On aime à la revoir encor,
Qu'il t'en souvienne.

Nous saluons avidement
Le site sauvage et charmant
Du lac d'Antre (1) ;

(1) A M. Muyard de Vouglans.
(2) Saint-Claude.
(3) A quarante-cinq minutes du Villars, derrière la montagne ; sa circonférence n'excède pas six cents mètres.

Les nénuphars et les roseaux
Couvrent la surface des eaux ,
    Surtout au centre.

Et je songe, même en ramant,
Qu'on est très-agréablement
    Dans la gondole ;
Le rocher surplombe, et souvent
S'enfuit sur les ailes du vent
    La barcarole.

Tout est vert tendre ou bleu d'azur ;
Nous avons un jour calme et pur,
    Et bonne brise ;
Le poisson s'agite et, plongeant,
Montre ses écailles d'argent,
    Narguant la prise.

On foule à plaisir les sentiers
Ornés de touffes d'églantiers
    Et de charmilles ;
Sous les sapins en liberté

On voit à la Saint-Jean d'été
    Bien des familles...

Mais on doit songer au retour,
Quand on a fait plus d'un grand tour
    En contre-marches;
Descendons la côte en glissant,
Donnons un regard en passant
    Au pont des Arches (1).

Car déjà le val est désert;
Voici non loin du Mont-Robert
    La Roche-Rive,
Et je vais criant : Hosanna !
C'est l'antique Mauriana
    Où l'on arrive !

(1) Acqueduc sur le ruisseau d'Héria, dans un vallon où l'on remarque un grand nombre de vestiges évidents d'une cité ancienne que la plupart des historiens de la Franche-Comté s'accordent à nommer *la Ville d'Antre*. L'acqueduc se compose de pierres de deux mètres de longueur sur un mètre d'épaisseur parfaitement équarries et posées par lits horizontaux

Je gratte à l'huis de ta maison ,
Lorsque la nuit sur l'horizon
    Etend son voile ,
Après les vins de Perrigny,
Nous sablons ceux de Quintigny
    Et de l'Etoile...

Lieux chéris, qu'on ne peut quitter,
Je reviendrai vous visiter,
    Mais en touriste,
Album au bras, bâton en main,
Allant, sans souci du chemin,
    Où va l'artiste.

Je veux de tous ces bords aimés,
Des chalets dans les bois semés
    Prendre une esquisse ;
On y rêve soir et matin,
Et là, plus qu'ailleurs, le Destin
    Nous est propice !

20 octobre 1862.

LE VALLON DE BAUME (1)

―――――

LA SEILLE ET SES RIVES

Epître à M. Lacroix, notaire à Saint-Martin-en-B....

Il est un beau vallon, frais berceau de la Seille,
Où le pampre mûrit, où butine l'abeille,
Où, le long des coteaux, courent des buissons verts,
Où l'on rêve au printemps dans des chemins couverts.
Deux masses de rochers lui servent de portique ;
On aime à s'égarer dans sa grotte magique,

(1) A onze kilomètres de Lons-le-Saulnier, remarquable
par ses grottes, ses rochers à pic, sa caverne à ossements
antédiluviens et son site extraordinaire.

A suivre d'un sentier le sinueux contour,
Jusqu'aux bancs de granit couronnant son pourtour;
Du fond de ce vallon, de forme circulaire,
L'œil peut suivre en son vol l'aigle gagnant son aire,
Contempler à loisir un agreste horizon,
Des flancs durs et pierreux, un tapis de gazon,
De rustiques degrés (1) taillés dans la montagne,
Et l'azur d'un beau ciel, pur comme un ciel d'Espagne.
On admire surtout son sol accidenté,
De ses rocs sourcilleux la sévère beauté,
Son abbaye antique (2), orgueil du moyen âge,
Et son site à la fois pittoresque et sauvage...
Une maison petite, un verger pour enclos,
En cet abri champêtre, aux vents d'orage clos,
Qu'un ruisseau murmurant sans cesse fertilise,
Mon rêve bucolique alors se réalise,
Et je dresse ma tente en ces lieux enchantés,
Loin des soucis du monde et du bruit des cités !

(1) Les Echelles.
(2) Il ne reste plus aujourd'hui de l'abbaye que quelques
débris de construction, une partie du clocher de l'église
abbatiale.

« D'où vient, me diras-tu, cette réminiscence
» Des jours fortunés de notre adolescence ? »
Cette description, écrite un soir d'été,
En ce val que tous deux nous avons visité,
Comme un songe oublié me revient en mémoire
En lisant du Jura l'intéressante histoire (1);
C'était, il t'en souvient, par un jour calme et pur,
Pas un nuage au ciel n'obscurcissait l'azur,
L'avenir souriait et la brise était douce ;
Nous suivions des sentiers semés d'ombre et de mousse,
Grimpant allègrement et nous donnant la main,
Parfois dans les taillis nous frayant un chemin,
Des oiseaux dans le bois écoutant le ramage,
Nous aidant pour marcher à travers le feuillage
De gros bâtons noueux coupés dans les buissons,
Et jetant aux échos nos joyeuses chansons...

Quand soudain, tout au fond de ce vallon sauvage,
Sur un plan inégal apparut le village ;
Un groupe de tilleuls, en quinconces planté,
D'un feuillage odorant recouvert en été,

(3) Par Eugène Rougebief.

Nous désigna d'abord l'abbatiale église,

Dont Rousset (1) nous a fait une docte analyse.

Là, le portique orné de gothiques arceaux,

Ici, la cour du cloître aux voûtes en berceaux,

Où les moines jadis du bruit de leurs sandales,

Dans le calme des nuits réjouissaient les dalles...

Maintenant aux pignons, par des siècles jaunis,

Les oiseaux en avril vont suspendre leurs nids,

Et du lierre touffu la tige envahissante

S'attache à leurs parois d'une étreinte puissante.

Utilisant des murs les massives cloisons,

Les habitants du bourg s'y taillent des maisons,

Où quelque blonde fille, accoudée et pensive,

Montre son doux visage encadré dans l'ogive

Pourtant, dès que la vigne au soleil va mûrir,

Vers son site vanté Baume voit accourir

Troupe de gens à pied, nombreuse cavalcade,

Pour visiter ses bois, ses torrents, sa cascade,

Ses lourds quartiers de roche à grand bruit détachés,

Ses ruisseaux babillards dans les herbes cachés,

(1) Auteur d'un dictionnaire historique, etc., du Jura.

Ses grottes où toujours pendent les stalactites,
Et ses pics élancés comme des monolithes...
C'est ainsi que, perdus dans la brume du soir,
Côte à côte tous deux nous vînmes nous asseoir
Au pied des grands rochers, sur la verte pelouse,
Dont la Suisse à coup sûr pourrait être jalouse.

. . . .

. . . .

Du bourg de Saint-Martin, dis-moi si ta pensée
Par-delà les coteaux parfois s'est élancée
Vers la ville (1) où jadis nous déjeunions d'un œuf,
D'un civet apocryphe ou du classique bœuf (2);
Où, tantôt devisant de la vie agricole,
De Mathieu de Dombasle et de la ferme-école,
Et tantôt te montrant savant comme Tripier,
En expliquant du Code un livre tout entier,
Tu laissais deviner ce que deviendrait l'homme :
Un notaire parfait, doublé d'un agronome.
Ce noble sentiment qui nous porte à l'aimer
Vers la terre natale a dû te ramener;
Et tu songes sans doute à ces plaines fécondes

(1) Lons-le-Saulnier.
(2) A la pension Vulp.w:l.

Que dorent en juillet d'immenses moissons blondes,
Où Villevieux, dont l'œil ne peut se détacher,
Eparpille ses toits autour de son clocher;
Où la Seille, en ce sol si riche de culture
De ses limpides eaux a fait une ceinture
A Bletterans (1), coquette et gentille cité,
Oasis de verdure et de fertilité.

Tu disais l'an passé : «Viens, je serais bien aise
» De t'avoir un beau jour en Bresse chàlonnaise ! »
Nous sommes en avril, mais vienne la moisson,
J'irai le nez au vent, cherchant ton écusson,
Au bourg où t'a guidé ta bienheureuse étoile,
Sous ce coin du ciel bleu qu'aucune ombre ne voile :
Et par l'huis de l'étude, entr'ouvert à dem :
« Ce n'est pas un client, Lacroix, c'est un ami,
» Te dirai-je, qui vient, fidèle à sa promesse,
» Recommencer ici des rêves de jeunesse. »
Et toi de t'écrier, en me tendant les bras :
« Allons choquer le verre : à demain les contrats ! »

(1) Chef-lieu de canton dans une île de la Seille.

Mâcon, 23 novembre 1862.

LE VALLON DE VERN.... (1)

A Frédéric Verguet.

Quand, l'esprit charmé,
Vers un site aimé
   Je roule,
L'heure en ce moment
Trop rapidement
   S'écoule.

Je vais au hasard,
Partout mon regard
   Se pose ;

(1) Vernantois, à sept kilomètres de Lons-le-Saulnier.

Ce vallon riant,
La Sorne, en fuyant,
   L'arrose.

Si, même au Verseau,
Ce n'est qu'un ruisseau
   Qui gronde,
Sur un lit charmant
Il roule gaîment
   Son onde.

Il est en son cours
De ses eaux toujours
   Prodigue,
Et ses bords chéris
Ont des prés fleuris
   Pour digue.

Qui voudra chercher
Au creux du rocher
   La source,
Vers le bois des Rets,

Prendra sans regrets
    Sa course.

En ce doux abri,
Où tout m'a souri,
        Je songe
Que, même en rêvant,
Mon regard souvent
        Y plonge.

Un tilleul ami
Me cache à demi
        L'église,
Où le vent parfois
Aux angles des toits
        Se brise.

D'un bief ignoré (1)
J'ai bien exploré
        Les rives,

(1) En Deniège.

A l'endroit où fut
Mon poste d'affût
   Des grives.

L'œil suit, curieux,
Le cours sinueux
   Des lignes
D'épais buissons verts
Grimpant à travers
   Les vignes.

Enclos potagers,
Rustiques vergers,
   Treillages,
Gazons verdoyants,
Épis ondoyants,
   Feuillages ;

Berceau d'alizier,
Où l'âpre rosier
   Boutonne ;
Grands noyers jaunis

Où pendent les nids
D'automne ;

Monts où tous les jours
Le bœuf au parcours
    Rumine ;
Où, le cœur content,
Le pâtre, en chantant,
    Chemine ;

Vieux saules en pleurs,
Poétiques fleurs
    Vermeilles,
Gouffres bouillonnants,
Essaims bourdonnants
    D'abeilles ;

Agreste sentier,
Qu'un frais églantier
    Parfume,
Moulins ombragés,
Rouages frangés
    D'écume ;

Tout me plaît ici :
Je vis sans souci
    Du monde,
Au val abrité
Qu'un soleil d'été
    Féconde ;

Sol où je suis né,
Calme et fortuné
    Rivage ;
Que mes vœux fervents
Te gardent des vents
    D'orage !

Que de beaux raisins
Aux coteaux voisins
    Mûrissent,
Et que tes caveaux
De bons vins nouveaux
    S'emplissent !

6 novembre 1862

LE DOUX NOM DE MÈRE

Il est un nom que l'on vénère
Et que l'enfant, à la maison,
Agenouillé pour la prière,
Mêle à Dieu dans son oraison.

Harmonieux et plein de charmes,
Ce nom, si doux à prononcer,
Vient sourire à traver les larmes
Que la douleur nous fait verser.

Quand, tout petit, on ne sait faire
En ce monde un pas seulement,
C'est l'agréable syllabaire
Où l'on épelle couramment.

3

« Mère !... » A ce cri du premier âge,
Ma mère, auprès de mon berceau,
Montrait son radieux visage
Penché sur le mobile arceau.

Toujours un baiser bien sonore
Accueillait cet appel ami ;
Et sa voix que j'entends encore
Disait : « Mon ange a-t-il dormi ? »

Plus rien ne sourit à cette heure ;
Tout mon bonheur s'est envolé,
Et sur terre, où souvent on pleure,
Je reste seul et désolé.

11 décembre 1862.

LA GLANEUSE

FABLE

C'était en la douce saison
Où jeunes gars et jeunes filles
Tondent les blés de leurs faucilles,
A tous les points de l'horizon.
L'œil vigilant, la mine altière,
Un riche fermier, nommé Pierre,
Comptait ses gerbes aux sillons,
Quand une pauvresse en haillons
S'en vint glaner à l'aventure...
« Mon champ, lui dit-il, courroucé,
» Pour toi ne fut ensemencé ;
» Hors d'ici, sotte créature,
» Qu'on déguerpisse promptement ! »
Il la chassa brutalement.

Mais Pierre, à la saison suivante,
Du malheur subit la leçon :
L'orage emporta sa moisson,
Qui promettait d'être abondante.

Ruth, glanant pour Noëmi,
En Booz trouve un ami...
Riche, devenez moins superbe,
A l'indigent tendez la main,
Et pour lui, laissez en chemin
Quelques épis de votre gerbe !

Décembre 1863.

SOIR D'HIVER

Pendant un orage.

A Auguste Math...

Un livre pour veiller, un fauteuil pour dormir.
TH. GAUTIER.

C'était un soir d'hiver, au déclin d'une année,
L'effroyable tempête au hameau déchaînée
Éparpillait la neige, et le torrent grossi
Roulait parmi ses eaux de rustiques épaves ;
Les voix de l'ouragan, glapissantes et graves,
Vibraient avec fracas dans le ravin noirci.

Je te disais : « L'été ramènera les roses :
« A l'abri des frimas, sous des portes bien closes,
» Approchons-nous de l'âtre où brûle un noir tison ;

» Et sans nous affliger du deuil de la nature,
» D'un volume nouveau commençons la lecture ;
» La nuit triste au dehors est douce à la maison.

» Verrons-nous en esprit quelque manoir gothique,
» Te lirai-je d'Hoffmann un conte fantastique,
» Un roman de Radcliffe, un drame de Masson ;
» Pour qu'un instant du moins l'âme surexcitée,
» D'épouvante et d'horreur tour à tour agitée,
» Des tempêtes de l'air se mette à l'unisson? »

— Non, d'un horrible songe il semble qu'on s'éveille.
Nous avons mieux, je crois, pour charmer notre veille.
Et ton doigt me montrait ces poëmes du cœur
Que vingt fois on a lus, mais qu'on relit encore,
Ces beaux livres signés de Desbordes-Valmore,
D'Anaïs Ségalas ou d'Élisa Mercœur.

Décembre 1863.

LE MOULIN ROSE

Il n'a qu'un verger pour enclos
Le moulin rose où sont éclos
Les songes d'or de mon jeune âge ;
Mais l'aubépine et l'églantier
Y bordent l'agreste sentier
Où je m'asseyais sous l'ombrage.

Mais, sous un champêtre berceau,
On entend d'un petit ruisseau
Les suaves et doux murmures ;
Mais on a là pour horizon
Des bois où l'on cueille à foison
Des avelines et des mûres...

Il babille agréablement,
Et vous montre orgueilleusement
Ses rouages frangés d'écume,
Ses arbustes en espaliers,
Ses saules et ses peupliers
Que la brise agite et parfume.

Puis il arbore sans façon
Une treille pour écusson,
Comme un panache sur sa porte.
Salut au poétique abri
Où la vie un jour m'a souri,
Salut à la meunière accorte !

Décembre 1863.

UN ÉCHO DU JURA

Souvenir du pays.

J'aime, au pays natal où l'été me ramène,
Le bouquet de verdure autour de la maison,
L'agréable colline où le pâtre promène
La brebis vagabonde aux touffes de gazon ;

Les sentiers embaumés de Pomone et de Flore,
Les pommiers de l'enclos où nichent les pinsons,
Les précoces bourgeons qu'un rayon fait éclore,
Les coteaux verts de pampre où grimpent les buissons.

J'aime aussi du ruisseau les suaves murmures,
Le fracas du torrent sur son lit de rochers,

La brise du matin agitant les ramures,
Et les abeilles d'or bourdonnant aux ruchers.

J'aime à gravir dès l'aube aux sommets des montagnes,
Où l'arbuste s'incline au souffle des zéphirs,
Pour contempler aux loin les riantes campagnes
Et les vastes étangs, bleus comme des saphirs.

Là mes regards distraits par un beau paysage
Flottent sur chaque point du magique horizon,
Mais s'arrêtent bientôt à l'endroit du village
Où s'abrite dans l'ombre une blanche maison ;

Une fraîche demeure étroite, hospitalière,
Où le pauvre en passant trouvait un bon accueil,
Où ma mère jadis m'enseignait sa prière,
Où le bonheur toujours m'attendait sur le seuil.

Tout y fleurit encore aux premiers ours d'automne ,
Il sourit dans la brume aux rayons du matin
Le champêtre moulin dont le bruit monotone
Retentit clair et pur comme un timbre argentin ;

Et je vais saluant ce rustique ermitage,
Doux nid de ma jeunesse en ce vallon boisé,
Qui se cache à demi sous un épais feuillage
Et ne montre qu'un pan de son toit ardoisé !

13 janvier 1863.

LE PEINTRE ET LE POÈTE

A MM. C.... et B...

Ils erraient par monts et par vaux,
En quête de pays nouveaux,
Légers de bagage et d'allures,
L'un esquissant, l'autre rêvant,
Laissant aux caprices du vent
Flotter leurs longues chevelures.

Tous deux, d'une commune voix,
Allaient disant : « A nous les bois,
» Les torrents aux blanches écumes ;
» Les pignons par le temps jaunis,
» Où pendent le lierre et les nids,
» A nous les rayons et les brumes !

» A nous les féodales tours,
» Les vieux manoirs des alentours,
» Jalons perdus du moyen âge;
» Les châteaux forts démantelés,
» Dressant leurs pans noirs crenelés
» Sur les coteaux du voisinage !... »

Ils devisaient joyeusement
Et saluaient pieusement
La ruine au flanc de la montagne;
Le cloître aux voûtes en berceaux,
Les ogives et les arceaux,
Joyaux épars dans la campagne.

Souvent, à l'approche du soir,
Côte à côte ils allaient s'asseoir,
Non loin des gothiques églises,
Et sous les champêtres ormeaux,
Où glissait dans les verts rameaux
Le souffle harmonieux des brises.

Et les sites les plus aimés,
Les chalets sur les monts semés,

De leur album couvraient les pages;
C'étaient, dans les bois et les eaux,
Semblables à des nids d'oiseaux,
De pittoresques ermitages.

C'était une agreste maison,
Comme un point blanc à l'horizon
Au fond du paysage austère;
Ou bien de grands murs crevassés.
Débris, dans le val encaissés,
De quelque pieux monastère.

On les voyait, bâton en main,
Allant, sans souci du chemin,
Dans les bruyères et les landes,
Dans les ravins et les sentiers,
Exhumant les anciens chartriers
Et les poétiques légendes.

La nuit finissait l'entretien...
Souvent alors il fallait bien
Gratter à l'huis de la chaumière;

Le gîte était doux à payer :
Un croquis pour le métayer,
Puis un quatrain pour la fermière !...

Ce voyage accompli sans bruit,
Certes, n'a pas été sans fruit
Pour l'art et la littérature ;
Il ne saurait être oublié
Le livre qu'ils ont publié
Sur les beautés de la nature.

Qui l'a vu doit crier bravo,
Ce beau volume in-octavo,
Plein d'humour et de fantaisie ;
Où, comme de vrais diamants,
S'enchâssent des dessins charmants
Dans l'or pur de la poésie !

20 janvier 1863.

LA FIANCÉE DU SERGENT

Pendant une nuit d'orage.

I

Par la fenêtre où, toujours,
En mai, l'hirondelle agile
Vient abriter ses amours
Dans son pauvre nid d'argile,

Qu'il vente ou qu'il fasse beau
Au village où tout sommeille,
On voit briller un flambeau :
C'est Joannita qui veille.

Mais à quoi si tendrement
Rêve aujourd'hui la folâtre,

4

Près d'un bon feu de sarment
Petillant au fond de l'âtre,

Et dont la flamme en son nid
Jette des lueurs plus vives
Que la lampe en fer jauni
Se balançant aux solives ?

Le front posé dans la main,
Elle songe qu'elle est belle,
Et qu'il sera là demain,
Toujours aimant et et fidèle ;

Car, pour la revoir, il doit
Sans retard quitter Versailles,
Celui qui lui mit au doigt
L'anneau d'or des fiançailles.

Dans le pays on prétend
(Et plus d'une en est jalouse)
Que de Lucien qu'elle attend
Elle doit être l'épouse.

II

Déjà fière de son nom,
Avec amour elle étale
Son beau fichu de linon
Et sa robe de percale,

Et la croix d'argent doré,
Seul bijou de sa parure,
Et le ruban mordoré
Qui s'agraffe à sa ceinture...

Plus d'un riche jouvenceau
Voudraient l'épouser, je gage,
Et sans dot et sans trousseau,
Mais elle est constante et sage.

Elle a de grands yeux voilés,
Un sourire de madone,
De beaux cheveux ondulés
Qu'un frais bonnet emprisonne;

Un tout petit pied mignon,
La taille souple et bien prise,
Et ce profil bourguignon,
Empreint d'une grâce exquise.

Ce qui n'est pas moins charmant,
C'est une main patricienne;
On a vu bien rarement
Main plus fine que la sienne.

Ajoutons à tout cela
Que notre héroïne est blonde
Autant qu'Hébé, puis qu'elle a
Les plus beaux yeux bleus du monde.

Donc elle est charmante ainsi,
Et, son image esquissée,
Il faut reproduire ici
Fidèlement sa pensée.

III

« Mon Dieu, qu'il tarde à venir !
» Se dit la belle craintive ;
» Peut-on prévoir l'avenir ?...
» Pourtant j'ai lu sa missive.

» Il se souvient du moment
» Où, sous l'abri du vieux saule,
» De m'aimer il fit serment,
» Appuyé sur mon épaule.

» C'était le jour du départ,
» Il fut marqué par nos larmes ;
» Nous nous séparâmes tard,
» En proie aux sombres alarmes ;

» Le cœur très-fort me battait,
» Et je rentrai bien chagrine,
» En voyant qu'il agitait
» Son mouchoir sur la colline.

4.

» Cruel adieu... la maison
» Me sembla morne et déserte ;
» J'ai, depuis, vers l'horizon
» Bordant la campagne verte,

» Porté mes regards souvent ;
» L'âme en peine et désolée,
» Désormais seule et rêvant
» Du bonheur dans la vallée...

» Hier, au déclin du jour,
» Au pied de la croix de pierre,
» J'ai prié pour son retour,
» Et Dieu bénit la prière.

» Ce matin, dans sa maison,
» Pendant que brûlait un cierge,
» J'ai dit une autre oraison
» Devant l'autel de la Vierge.

» Il viendra... j'en ai l'espoir !
» Mais quoi ! ma lampe vacille,

» Au dehors tout paraît noir,
» Et j'ai froid sous ma mantille.

» Comme à travers les barreaux
» L'âpre bise de l'automne
» Siffle en fouettant les carreaux !
» Parfois on dirait qu'il tonne.

» Ce bruit sourd... c'est un essaim
» D'oiseaux criards dans la plaine,
» Ou bien au fond du bassin
» Les sanglots de la fontaine,

» Ou, dans les bois d'alentour,
» Le vent qui tord les ramures ;
» Non loin de la vieille tour
J'entends d'étranges murmures...

» Dans le brouillard terne et froid,
» Hélas ! peut-être il chemine,
» Demandant l'heure au beffroi,
» Cherchant des yeux ma chaumine !

» Car il est, mon beau Lucien,

» Orphelin dès son jeune âge;

» Ce logis sera le sien...

» Pour lui j'ai peur de l'orage.

» Déjà plus sombre, la nuit

» Partout recouvre la terre;

» Dans le val, où rien ne luit,

» Tout est horreur ou mystère;

» L'ouragan, à coups pressés,

» Du verger bat la clôture,

» Sous ses efforts courroucés

» Craque la frêle toiture!

» Sans doute il est en chemin

» Mon fiancé que Dieu garde!

» Qu'un bon ange par la main

» Le conduise en ma mansarde!

» Mais du voisin Serpolet

» J'entends aboyer le dogue... »

Un coup sonore au volet
Mit fin à ce monologue.

Joannita, dans ce temps,
Courut éveiller sa mère ;
Le rêve de ses vingt ans
N'était pas une chimère.

IV

Plus calme et plus radieux
Est le ciel après l'orage;
Le lendemain, tout joyeux,
Un couple entrait au village :

C'était elle, c'était lui...
(Ce jour pour d'autres a lui)
Joannita, belle et pure,
Imitait, par son allure,
Le pas grave et cadencé
Du sergent son fiancé !

Février 1863.

CONSEILS A UN ORPHELIN

I

Le bon Dieu sur nous tous aime à veiller sans cesse ;
Prions-le bien souvent, cher petit orphelin,
Car c'est lui qui toujours prodigue avec tendresse
Le blé pour nous nourrir, pour nous vêtir le lin ;

Lui qui du seuil d'avril avec amour parsème
De mille agrestes fleurs les prés et les buissons ;
Et, pour récompenser le laboureur qui sème,
Fait mûrir en été d'abondantes moissons ;

Partout à nos regards sa bonté se révèle :
Dans l'insecte rôdeur, sous le gazon tapi,

Dans le muguet dés bois, dans le bluet qui mêle
Son doux lapis d'azur aux tons d'or de l'épi ;

Dans le ruisseau jaseur coulant en pente douce
Au long des verts coteaux de pampre couronnés,
Dans les nids de duvet, de brins d'herbe et de mousse,
Doux abris qu'aux oiseaux le printemps a donnés.

Dans ce foyer divin de lumière féconde,
Bel astre dont les yeux empourprent l'horizon,
Et dont les rayons purs en éclairant le monde
Vont échauffer la terre, hâter la floraison.. ..

Par lui dans l'univers tout se meut et respire,
Tout reconnaît la loi de l'Éternel auteur;
La nature en tous lieux proclame son empire,
L'homme courbe le front devant son Créateur.

Seul, il peut susciter ou calmer les tempêtes;
A sa voix, l'éclair vole en sillonnant la nuit,
Le tonnerre en grondant éclate sur nos têtes,
Le jour succède à l'ombre et le silence au bruit ;

Par lui le flot amer expire sur la grève,
Mille astres étoilés brillent au firmament,
Les fleurs ont le parfum, et les arbres la sève,
A tout il sait donner la vie et l'aliment.

Tout redit sa grandeur et sa magnificence ;
Rien n'arrive jamais que par sa volonté,
Et rien, mon pauvre enfant, n'égale sa puissance,
Si ce n'est son amour, si ce n'est sa bonté !

II

Si ta mère au tombeau si jeune est descendue,
Ainsi Dieu l'a voulu, souffre sans murmurer,
Espère, afin qu'un jour elle te soit rendue ;
Sur sa pierre, souvent, va prier et pleurer.

Hélas ! trop tôt sans doute elle a suivi ton père,
Celle qui, dans l'enclos, te menant par la main,
Rêvait pour son enfant un avenir prospère...
Mais la mort était là qui l'a prise en chemin :

5

Tu suivis, sanglotant, le funèbre cortège;
Au retour, tu trouvas bien vide la maison;
Mais en ce monde encor son amour te protège,
Ne va pas l'oublier le soir à l'oraison !

Le matin, à genoux, l'âme reconnaissante,
Offre à Dieu ton réveil, donne pieusement
Avec un souvenir une larme à l'absente...
Pleur qu'on bon ange au ciel porte fidèlement...

Du malheur ici-bas l'homme est souvent victime,
Au coup qui l'a frappé, le sage dit : Merci!
La douleur est un bien, parfois elle ranime
La vertu presque éteinte en un cœur endurci.

Où donc est le bonheur? Il n'est pas sur la terre ;
En vain l'ambitieux s'épuise à le chercher,
En vain il le poursuit sur la rive étrangère.
Crois-moi, mon jeune ami, reste auprès du clocher!

Tu trouveras du moins dans notre solitude,
Où la nature en fête étale sa splendeur,

De champêtres loisirs et cette quiétude
Que toujours ici-bas donne la paix du cœur.

Que l'inconstant, s'il veut, abandonne son gîte,
Pour mendier au loin un peu de gloire ou d'or !
Laisse aux cités le bruit ; sous le toit qui t'abrite,
La vie humble des champs est préférable encor.

Combien, sacrifiant à de folles chimères,
Séduits par un mirage, ont déserté le nid,
Qui reviennent hélas ! sans retrouver leurs mères,
Vieux et découragés vivre au foyer béni !

On est assurément plus tranquille au village,
Où l'on voyait naguère auprès de ton berceau
Ta mère, en souriant, pencher son doux visage,
Heureuse de te voir endormi sous l'arceau !

III

Vis toujours sagement, que Dieu soit ton seul guide,
En observant sa loi tu ne peux t'égarer ;
Fuis le sentier du mal et garde pour égide
L'amour de la vertu qui fait persévérer ;

Souviens-toi que ta mère était pieuse et bonne :
Aussi, dès ton enfance, apprends à l'imiter ;
Dieu te garde auprès d'elle une belle couronne,
Mais pour cueillir la palme, il faut la mériter ;

Le bien seul est durable et le plaisir frivole :
A son frère en détresse on doit tendre la main ;
Donne au faible un appui, donne au pauvre une obole,
A tout être égaré montre le vrai chemin ;

Songe qu'il est toujours des malheureux sur terre :
Que ton cœur soit pour eux ouvert à la pitié,

Dépouille ton maintien de toute morgue austère,
Sois sensible au bienfait, fidèle à l'amitié;

Travaille avec ardeur, méprise la richesse,
Les vains honneurs du monde et son éclat trompeur;
Accueille avec bonté l'orphelin qu'on délaisse,
Et jamais ne sois sourd à l'appel du malheur.

Offre dévotement tes maux et tes alarmes
A Celui dont la mort un jour nous racheta,
Et qui, pour nos péchés, dans le sang et les larmes,
Souffrit un long supplice au mont du Golgotha;

Ainsi que l'Homme-Dieu, pardonnant son martyre
A ses cruels bourreaux, trouve en ton cœur toujours
Des accents pour aimer et jamais pour maudire;
Venge-toi du méchant en priant pour ses jours;

Que ta vie, en un mot, soit un de ces ouvrages,
Livre où l'amour divin comme un souffle a passé,
Dont sans rougir on peut revoir toutes les pages,
Vrai trésor du chrétien par nul autre effacé;

Et, libre de remords, en ce monde éphémère,
Tu vivras calme et fort, sans craindre l'avenir ;
Avant d'aller au ciel, où demeure ta mère,
Tu verras tes enfants t'aimer et te bénir !

Mars 1863.

SOIR D'ÉTÉ

A M. Hector Berge.

I

Quand l'astre du jour s'incline
Vers les buissons d'églantiers,
Je monte sur la colline
Par d'agréables sentiers,

Pour écouter en silence,
Assis au bord du sillon,
Le bruit que font en cadence
La cigale et le grillon...

Aimant l'air, fuyant la cage,
Au bois où je vais m'asseoir,
Le barde ailé du bocage
Chante à Dieu l'hymne du soir ;

Aux accents de Philomèle,
Dans l'enclos mystérieux,
Parfois la fauvette mêle
Ses soupirs harmonieux.

L'insecte rôde et sautille
Dans l'herbe au long des ruisseaux ;
Le moulin gaîment babille
Dans son cadre d'arbrisseaux ;

Et les nocturnes phalènes
Vont s'agitant par essaim ;
Et des rustiques fontaines
L'eau tinte au fond des bassins.

La lune, d'un rayon pâle,
Argente les peupliers,

Et jette un reflet d'opale
Sur les toits hospitaliers.

Sous le feuillage vert-sombre
Des vieux pommiers du grand clos,
Un nid s'abrite dans l'ombre
Où des petits sont éclos.

En quêtant à l'aventure,
Leur mère a, dès le matin,
Aux champs trouvé sa pâture
Et l'abeille son butin.

Il est tard... Sous la ramée,
Le métayer, d'un pas lourd,
Rentre en la hutte enfumée
Où l'on attend son retour.

« Au repos, les jeunes filles ! »
Dit-il ; « le travail est dur ;
» On verra sous vos faucilles
» Demain tomber le blé mûr ! »

Les bœufs, qu'un pâtre ramène,
Quittent trèfle et serpolet ;
Chaque fermier, dans la plaine,
A mis la barre au volet.

Au val bientôt tout repose...
Déjà la rosée en pleurs
Baigne la fleur où se pose
Le Zéphyr amant des fleurs.

Aucun nuage ne voile
Le coin bleu de l'horizon ;
Je cherche aux cieux mon étoile
En regagnant la maison.

II

Plaintes vagues et murmures
Vont déjà s'affaiblissant,
Rien ne bruit dans les ramures
Qu'un vent tiède et caressant,

C'est la brise parfumée
Glissant sur les verts tapis
Et sur la moisson aimée
Où balancent les épis.

La ruche est silencieuse,
Tout se tait dans les buissons;
Adieu la troupe joyeuse
Des linots et des pinsons !

Déployant ses ailes closes,
Demain le papillon noir
Sur les œillets et les roses
Voltigera jusqu'au soir;

Car la Nuit douce et clémente
Donne repos à chacun,
Et verse à flots sur la plante
Sève, fraîcheur et parfum;

Et la goutte de rosée
Tremble au calice des fleurs,

Comme une perle irisée
Des plus brillantes couleurs...

Au chant du coq, dans la plaine,
Les gais moissonneurs entre eux
Fêteront la gourde pleine,
Tandis qu'en troupe les bœufs,

Par des chemins verts de mousse,
Humant l'air frais du matin,
Iront paître où l'herbe pousse,
Dans la luzerne et le thym.

Chacun reprendra son rôle :
Les enfants, au pré blottis,
Récolteront sous le saule
Les petits myosotis...

A l'heure où le jour décline,
J'irai, par de frais sentiers,
Au sommet de la colline
Où croissent les églantiers,

Pour écouter en silence,
Assis au bord du sillon,
Le bruit que font en cadence
La cigale et le grillon.

1ᵉʳ avril 1863.

A L'ENFANCE

Enfant, dès le berceau chérissez votre mère ;
Songez que pour le ciel Dieu vous fit naître un jour,
Et que tout passe et meurt en ce monde éphémère,
Excepté la vertu, la prière et l'amour.

Que votre voix éclate en notes argentines,
Le bruit est votre lot, égayez la maison ;
Et que pieusement vos lèvres enfantines
Du matin et du soir murmurent l'oraison.

Assez tôt vous viendront les soucis d'un autre âge ;
Joyeuse et souriante est la vie au printemps ;
Vous avez les baisers, les doux soins en partage,
Sous le toit maternel abritez-vous longtemps.

Préférez le travail à tout plaisir frivole ;
Et que déjà votre âme ouverte à la pitié
Vous fasse à l'indigent consacrer une obole,
Ou de votre repas lui donner la moitié.

Soyez obéissant, et montrez-vous sans cesse,
Comme Jésus enfant, doux et simple de cœur,
De votre mère un jour consolez la vieillesse ;
Le devoir accompli nous conduit au bonheur ;

Et des biens qu'ici-bas le Créateur nous donne,
Souvenez-vous toujours que le plus précieux
C'est une mère, enfant, tendre, pieuse et bonne,
Qui vous guide sur terre et vous retrouve aux cieux !

Avril 1863.

A UN EXILÉ

Combien de fois, illustre et bien-aimé poète,
De la plage étrangère où tu vas en rêvant
Ecouter les sanglots de la mer et du vent,
Vers la terre natale as-tu tourné la tête?

Pour pleurer la patrie une larme est tôt prête;
La France à tous ses fils inspire amour fervent,
Et tes regards, ô maître, ont dû plonger souvent
A travers l'Océan où mugit la tempête;

Pour saluer au loin, par delà l'horizon,
Les coteaux reverdis, les grands bois, la maison,
Où, même à ton insu, ton cœur a pris racine;

Toujours l'œil se fatigue avant qu'on dise : « Assez! »
Je le suppose ainsi; du moins je m'imagine
Que l'exil est amer et qu'on souffre à Jersey!

APPEL AU RICHE

Donnez, riches! l'aumône est sœur de la prière...
V. H.

———

A Victor Hugo.

Riche! envers l'indigent ne soyez point avare :
Que chez vous à toute heure il puisse ramasser
Les miettes du festin que mendiait Lazare,
Si devant votre porte un pauvre doit passer;

Car vous avez toujours les primeurs en décembre,
Les vins des meilleurs crûs et les fleurs en bouquet;
A votre frère à jeûn, blotti dans l'antichambre,
Donnez au nom du Christ une place au banquet !...

Le malheur est partout, aux champs comme à la ville ;
N'oubliez pas l'aveugle au détour du chemin,
Que parfois un peu d'or tombe dans sa sébile,
Et ne dites jamais : « Ce sera pour demain ! »

Soyez compatissant, car la misère est grande !
Lourde est la croix du pauvre ; il faut, sans plus tarder,
Alléger son fardeau par quelque douce offrande,
A l'œuvre ! Il vous implore et vous devez l'aider !

Hors celui d'obliger, tout plaisir est bien fade ;
La charité subsiste et tout le reste est vain ;
Prêtez secours au faible, assistance au malade,
Et suivez en tout point le précepte divin.

Accordez au passant l'aumône qu'il demande
Et qu'un aimable accueil double votre bienfait,
Pour que Dieu, dans le ciel, au centuple vous rende
Tout le bien qu'ici-bas un jour vous aurez fait.

Que l'amour du prochain vous guide et vous éclaire :
La main qui donne est sœur de la main qui reçoit ;

Préservez du besoin l'artisan sans salaire,
L'exilé sans famille et l'orphelin sans toit.

Cherchez dans la mansarde, où se cachent les larmes,
Tous les infortunés qui n'osent au grand jour
Etaler leur misère, et calmez leurs alarmes ;
Ces pauvres-là surtout doivent avoir leur tour...

En ce réduit voyez si la vie est amère !
Ils souffrent à la fois et le froid et la faim
Ce père sans travail, cet enfant, cette mère,
Tout couverts de haillons, sans bois mort et sans pain !

Pour ces êtres déchus la nature est marâtre,
Dans cette chambre étroite où la bise a gémi,
Jamais un feu joyeux ne vient égayer l'âtre,
Rarement ils ont vu quelque visage ami ;

Ils souffrent en silence et le monde l'ignore ;
Soulagez leur détresse, apportez, triomphant,
Des vivres au logis ; apportez plus encore
Du bois pour le foyer, des langes pour l'enfant !

Et dans la main du père en glissant votre obole
Relevez son courage et rendez-lui l'espoir;
Trouvez l'accent qui touche et le mot qui console;
Le chagrin est souvent voisin du désespoir.

Des malheureux partout soyez la providence,
A sécher tous les pleurs montrez-vous empressé,
Et que votre maison, où règne l'opulence,
S'ouvre ainsi qu'un hospice au voyageur blessé !

Recueillez l'ouvrier, loin des manufactures,
Victime du chômage et quêtant un abri...
Dieu bénira surtout parmi ses créatures
Celle dont la tendresse au malheur a souri ;

La plus belle à ses yeux et la plus noble est celle
Qui va, le cœur toujours brûlant de charité,
Aux mains de l'indigent vidant son escarcelle,
Et dont la vie entière est amour et bonté !

Donnez, Riche ! donnez, car l'aumône en ce monde
Est le germe qui doit fructifier aux cieux ;

Donnez beaucoup, afin que la récolte abonde,
Donnez, pour obtenir des trésors précieux;

Pour voir tous vos caveaux se remplir aux vendanges,
Les roses, tout l'été, parfumer vos buissons,
Les fruits pendre au verger, et pour voir dans vos granges
S'entasser les épis aux prochaines moissons!

17 avril 1863.

A l'Auteur des JURASSIENNES.
« Remercîments et félicitations.
» VICTOR HUGO. »

Hauteville-House, 21 avril 1863.

AUX ALPES

Salut! ô monts couverts d'une forêt obscure,
Salut! ô fiers glaciers, dans l'azur enchâssés,
Où les Anglais du spleen vont demander la cure
En grimpant à vos pics, l'un sur l'autre entassés!

Quand le val, à vos pieds, s'emplit de vapeurs grises,
Où flotte, par instants, comme un vague rayon,
Plus tièdes sont les nuits, et plus molles les brises,
Plus doux est l'astre pâle aimé d'Endymion.

Chaque matin, l'aurore à flots de pourpre verse
Sa naissante lumière à vos sommets blanchis ;
La fleur courbe sa tige, un frais zéphir la berce,
Et dans l'onde aussitôt les feux sont réfléchis...

Le poète toujours a recherché vos cîmes,
Vos versants escarpés et tout noirs de sapins,

Où bondit le chamois à travers les abîmes,
Fuyant l'ardent chasseur entrevu sous les pins ;

Dans vos sites aimés il promène ses rêves,
Il contemple à loisir, du haut de vos rochers,
Le bleu miroir des lacs et le sable des grèves,
Et les hameaux groupés à l'entour des clochers ;

Et les nombreux chalets épars dans les vallées,
Aux longs toits en auvent, recouverts de bardeaux,
Les torrents en cascade et les vertes allées
Où vont les bûcherons, ployant sous leurs fardeaux ..

Ils ont vu se nouer de bien doux hyménées,
Vos champêtres abris où nichent les amours !
Et dussent en jaser vos sœurs, les Pyrénées,
J'ajoute qu'il n'est pas de plus charmants séjours !

Car vos bois sont semés de mille fleurs coquettes,
On respire à vos flancs d'enivrantes senteurs,
Les vaches, à vos pieds, font tinter leurs clochettes,
Et l'aigle, roi des airs, plane sur les hauteurs !

Et l'œil est ébloui quand, à force d'épreuves,
On a gagné la cime où bruit un vent amer,
Et d'où roulent parfois l'avalanche et les fleuves,
Celle-là dans la plaine et ceux-ci dans la mer.

L'horizon s'agrandit à vos faites sublimes ;
Le ciel n'est plus voilé, l'homme est plus près de Dieu ;
Là, tout paraît mesquin, le monde et ses maximes ;
Aux choses de la terre on semble dire adieu !

C'est qu'entre l'Éternel et toute créature
Il existe à coup sûr un invisible lien ;
C'est qu'une voix nous parle en cette âpre nature
Et que l'âme y répond en aspirant au bien...

J'aimerais à fouler vos neiges éternelles
Sur le mont souverain, au front cristallisé,
Que visitent, l'été, les touristes fidèles,
Et que la vague même a popularisé ;

A ce point culminant qui semble hors d'atteinte,
Naguère vierge encor de tout contact humain,

Qui du pas de Saussure a su garder l'empreinte
Pour qu'un autre à son tour s'y frayât un chemin !

Car on cite parmi vos merveilles alpestres,
Ce géant de la chaîne aux aiguilles d'acier,
Dont le pied se revêt de feuillages sylvestres,
Qui commence en pelouse et finit en glacier...

Et devers Chamonix s'en vont à l'aventure,
Portant l'album classique et le bâton ferré,
Tous les pieux amants d'une belle nature
Étalant ses trésors sous un ciel azuré.

Partez allégrement, pèlerins des deux mondes !
Et, sur la foi d'un guide, en des sentiers divers,
Parcourez ces hauteurs en richesses fécondes,
Du Brévent aux Bossons, du Dard au Montanvers !

28 avril 1863.

DANS UN BANQUET

J'aime à le voir, couché sur son affût d'osier,
Le flacon de vingt ans qu'on exhume des caves,
Versant à flots de pourpre en des verres concaves
Ce liquide enivrant, fine fleur du panier.

Sous sa robe au tissu de poudre et de gravier,
Bravement il paraît en nos joyeux conclaves,
Ce vase dont le vin, déridant les plus graves,
Sut vivre un quart de siècle à l'ombre d'un casier.

Saluons ce bourgogne arraché du rayon;
Et pour porter un toast à notre amphytrion,
Dont Brillat-Savarin eût fait son majordome,

Que tout convive aimable, au milieu du festin,
Emplisse jusqu'au bord son large vidrecome
De Pomard authentique ou de vieux Chambertin !

Mai 1863.

6.

EN FUMANT

Quand la rime est rebelle et l'esprit nonchalant,
Il est doux de rêver, assis dans ma causeuse,
Près de l'âtre où, léché par la flamme joyeuse,
Le charme, vert encor, se consume en pleurant.

Et qu'il pleuve au dehors, que la bise en sifflant
Emporte dans les airs la feuille voyageuse!
Que le tonnerre éclate en la nuit orageuse!
Peu m'importe le bruit! J'ai, de blond maryland

Bourré ma pipe arabe ou mon chibouck à l'ambre;
Et je suis du regard, au travers de la chambre,
La fumée odorante éparse en tourbillons.

Avec elle s'en vont tous mes pensers moroses,
Et, si noire que soit l'ombre sur les sillons,
Pour moi le ciel est pur et les couleurs sont roses!

Mai 1863.

LES HÉROS

Parfois, de siècle en siècle, un hardi conquérant
Du bout de l'horizon soudainement se lève;
Le peuple le salue et le proclame Grand,
Et le sceptre en ses mains se convertit en glaive;

Il va d'un pôle à l'autre et sait vaincre en courant;
Voir le monde à ses pieds, tel est toujours son rêve;
S'il ne règne partout, il dit en soupirant :
L'œuvre n'est qu'ébauchée, il faut qu'elle s'achève !...

Mais alors vient l'exil ou la captivité,
Le vent souffle d'ailleurs et, dans l'adversité,
On le voit expier le sang qu'il fit répandre.

De ces guerriers fameux et couchés sous la cendre,
Quelques noms sont acquis à la postérité :
César, Napoléon, Charlemagne, Alexandre!

Mai 1863.

LA FIÈVRE DU SIÈCLE

ou

ALLONS CUEILLIR DES NARCISSES

AIR : *Allons à Montmorency* (Nadaud).

L'or est souverain, ma foi !
   Il régit le monde ;
L'homme a pour ce métal-roi
   Un amour immonde ;
Combien, imitant Jason,
   Usent d'artifices !...
Allons dans le vert gazon
   Cueillir des narcisses.

On verra longtemps encor
   Trôner la Richesse,

L'Harpagon pour son trésor
   Garder sa tendresse,
Et des auteurs en renom
   Mourir aux hospices...
Allons dans le vert gazon
   Cueillir des narcisses.

L'enfant veut être boursier,
   L'Agio le berce ;
A devenir financier
   Nul qui ne s'exerce ;
On a pour conjugaison
   L'argot des coulisses...
Allons dans le vert gazon
   Cueillir des narcisses.

Aimant le luxe effréné
   Que l'argent procure,
Le gandin peu fortuné
   Rêve sinécure :
L'or, à défaut de blason,
   Ferait ses délices...

Allons dans le vert gazon
  Cueillir des narcisses.

L'un dit : « C'est pour moi qu'on fit
  « Sequin et pistole, »
Et détourne à son profit
  Les eaux du Pactole.
Grâce à sa combinaison,
  Que de bénéfices !...
Allons dans le vert gazon
  Cueillir des narcisses.

Fier de son or, le vilain
  Un jour se décrasse,
Et son chiffre sur vélin
  Se grave et s'enlace ;
L'écu greffe sa maison
  Et ses appendices...
Allons dans le vert gazon
  Cueillir des narcisses.

Oubliant qu'il est venu
  Nu de sa province,

Certain rustre parvenu
 Veut trancher du prince ;
Pour lui seul chaque saison
 Donne ses prémices...
Allons dans le vert gazon
 Cueillir des narcisses.

Tout se livre effrontément
 Au dieu Numéraire :
Et l'Hymen, assurément,
 N'est plus qu'une affaire ;
Jadis il se fit, dit-on,
 Sous d'autres auspices...
Allons dans le vert gazon
 Cueillir des Narcisses...

La courtisane en gaîté,
 Danaé perverse,
Courbe son front éhonté
 Sous l'or que lui verse
Certain Jupiter-Oison,
 Chéri des actrices...

Allons dans le vert gazon
  Cueillir des narcisses.

Chacun tourne au coffre-fort;
  La note fréquente,
C'est la prime ou le report,
  Le coupon de rente,
Et la mine de charbon,
  De fer, de silices...
Allons dans le vert gazon
  Cueillir des narcisses.

Mais à suivre leurs aînés,
  Moutons de Panurge,
Si nos fils sont entraînés...
  Plus de dramaturge,
Nul poëte à l'horizon,
  Partout des complices...
Allons dans le vert gazon
  Cueillir des narcisses.

Pour corriger ces travers
  D'un siècle profane,

Que sur eux frappent les vers
D'un Aristophane !
Que le fouet de la Raison
Fustige les vices !...
Allons dans le vert gazon
Cueillir des narcisses.

Mai 1863.

PAQUERETTE

Avez-vous, effeuillant sa blanche collerette,
Interrogé parfois la douce pâquerette,
A cet âge candide où l'on vit en aimant;
Et votre âme en extase a-t-elle été ravie,
Quand la fleur, dévoilant les secrets de Sylvie,
Vous répondait : Beaucoup ou passionnément?

Pour d'aimables objets, idoles ou fétiches,
Avez-vous sur vélin rimé des acrostiches
Ou tourné galamment de brûlants madrigaux;
Sur ces albums dorés, que le siècle propage,
Avez-vous mis un nom à la première page,
Flamboyant comme un titre en des vers inégaux?

Ces aveux à mi-voix, ces éternels : Je t'aime !
Les avez-vous un jour reçus comme un baptême,

Une main dans la sienne et le cœur palpitant?
Avez-vous, deux à deux, sur les monts et les grèves,
Echangé vos serments et promené vos rêves?
Oui, vous avez aimé, ne fût-ce qu'un instant...

Ce bonheur fugitif d'une jeunesse avide,
Le Temps l'a balayé dans sa course rapide ;
Aux sibylles des champs j'ai dû dire bonsoir!
Car le mot de l'oracle, hélas! était mensonge,
Sylvie était parjure et son amour un songe
Eclos un beau matin et dissipé le soir!

Mai 1863.

ROSINE AU BOIS

CHANSON-PROVERBE

Pourquoi donc, belle Rosine,
Au bois rêver tous les jours?
Souvenez-vous, ma voisine,
Qu'un lutin guette toujours
La fille gentille et preste
Assise au pied du bouleau;
Et tant va la cruche à l'eau...
    Vous savez le reste.

Imitez la jeune Alice;
Au bois on ne la voit pas.
Dans l'herbe où le pied nous glisse
On fait souvent des faux pas;

Craignez la chute funeste
Qui fait aller à vau-l'eau;
Car tant va la cruche à l'eau...
   Vous savez le reste.

Pour vous rendre aux frais bocages
Vous passez près du moulin;
Si j'en crois les bavardages,
C'est là qu'habite Colin;
Votre bouche en vain proteste,
Et dit: « Colin n'est pas beau ! »
Mais tant va la cruche à l'eau...
   Vous savez le reste.

Puis, l'amour est chose étrange,
Et l'on a vu quelquefois
Fille au visage d'archange
Éprise d'un villageois
Laid, grisonnant, lourd de geste
Et bronzé comme Othello;
Car tant va la cruche à l'eau...
   Vous savez le reste.

Vous répondez : « On est sage,
» L'amour m'offre peu d'attraits,
» Et mon cœur du dieu volage
» Saura mépriser les traits. »
— Rosine, la plus modeste
Peut trouver son Waterloo...
Car tant va la cruche à l'eau...
    Vous savez le reste.

Un rien souvent nous fascine :
Des piéges de vos vingt ans
Pour vous garder, ma Rosine,
Des amis sûrs et constants
Valent bien, je vous l'atteste,
Certain tuteur Bartholo ;
Car tant va la cruche à l'eau...
    Vous savez le reste.

Mai 1863.

A UN CRITIQUE

X...., ce bel esprit critique,
A souvent fait se becqueter
Deux rimes au bout d'un distique,
Dont un autre eût pu se vanter.

Mais toujours sa verve caustique,
Loin du Pinde a su l'emporter,
Et plus d'un écrit satirique
Qu'au hasard on va feuilleter,

Accuse un plume agressive,
Fougueuse et prompte à l'invective...
Car, les yeux couverts de bandeaux,

X.... à mordre a voué sa vie :
Adieu le sonnet à Sylvie,
Les triolets et les rondeaux !

Mai 1863.

LE BIBLIOMANE

Il court flairer à l'éventaire
Du bouquiniste du quartier,
Et visiter dans son entier
Le parapet du quai Voltaire ;

S'il avise chez un libraire
Un livre étrange, un vieux psautier,
Un manuscrit jaune, un chartrier,
Ou quelque recueil littéraire,

Bien usé, poudreux à ravir,
Sa main est prompte à le saisir;
Il s'en va, semblable à l'avare,

Chez lui contempler à loisir
Son vrai trésor, son œuvre rare !
Heureux si c'est un Elzévir !

Mai 1863.

LES HOCHETS

L'enfant, dans ses désirs fantasque,
Et de faits bruyants coutumier,
Rêve de porter un beau casque
Avec un aigle pour cimier ;

Habile à commettre une frasque,
On le voit, marchant le premier,
Frapper sur un tambour de basque.
En habit de carabinier;

Jouant au César, au Pompée,
Parfois il convoite une épée
A pommeau d'or étincelant,

Ainsi qu'à belle et riche garde ;
Fût-ce du Cid la Balisarde,
Ou la flamberge de Roland !

Mai 1853.

A LA POLOGNE

Pologne, brise tes entraves,
Sois forte au moment du danger!
En vain on voudrait te forger
Le joug qui courbe les esclaves;
Sur les traces de Dombrowski
Tes fils voleront à la gloire;
Pour les guider à la victoire
    Réveille-toi, Sobieski!

Montre à l'ennemi qui t'outrage
Ton front terrible et menaçant;
Lave dans la poudre et le sang
L'insulte faite à ton courage!
Il saura trouver un écho
Le cri jeté dans ta détresse...
Quand sonne l'heure vengeresse,
    Réveille toi, Kosciusko!

Un meilleur avenir s'avance,
Et la liberté que tu sers
Bientôt viendra rompre tes fers.
O Pologne, sœur de la France !
L'ombre d'Ignace Potocki
Se dresse au bord de la Vistule :
Pour que le Russe enfin recule,
    Lève-toi, Poniatowski !

O nation mâle et guerrière,
Qu'un czar téméraire et félon
Voudrait écraser du talon,
Reste à jamais vaillante et fière !
Ils seront partout triomphants,
Ces preux armés pour ta défense,
Et le jour de l'indépendance
    Se lèvera sur tes enfants !

Mai 1863.

JOANNY ET GILBERTE

LE BOIS D'ORMANCEAUX

LÉGENDE

C'était un soir, au bord de l'onde :
Deux enfants, se donnant la main,
Suivaient au hasard le chemin
Qui mène en la forêt profonde ;

A travers prés, bois et sillons,
Ils cueillaient mille fleurs écloses,
Et poursuivaient parmi les roses
Demoiselles et papillons.

Ils avaient, pour voir les campagnes,
Bien loin, par-delà l'horizon,

Sans bruit déserté la maison
Et pris le sentier des montagnes.

—Gais oiseaux échappés du nid,
Rentrez au gîte où votre mère,
En proie à l'inquiétude amère,
Pleure Gilberte et Joanny !

Quand vient la nuit la rive est sombre :
Evitez le bois d'Ormanceaux,
Voici l'heure où sous les arceaux
Du vieux manoir se dresse une ombre !

Un frisson viendrait vous glacer,
Si, près des murs où le vent pleure,
Des esprits sinistre demeure,
Enfants, vous veniez à passer !

Plus d'une funèbre légende
Circule sur ce lieu maudit;
Déjà, sans doute on vous l'a dit,
Rentrez, car déserte est la lande :

Le pâtre a quitté le coteau
Et vers son logis s'achemine,
Le laboureur en sa chaumine
Suspend sa bêche ou son râteau.

Fuyez les monts, gagnez les plaines !
Dans la brume plus d'oisillons,
Et déjà les bleus papillons
Font place aux nocturnes phalènes...

Mais, comme l'abeille, l'enfant
Aime à butiner sur la rive,
Car, sa moisson faite, il arrive
Au logis toujours triomphant;

Puis, l'été, la brise est si douce,
Dans les bois, de fleurs parsemés,
Tant de blancs muguets parfumés
Lèvent leurs têtes dans la mousse !

Ils s'oublièrent à courir
Longtemps encor dans l'herbe molle;

Mais à jouer l'heure s'envole,
Bientôt l'ombre allait les couvrir...

La nuit les surprit en chemin
Dans la forêt vaste et sans borne;
L'aspect en était triste et morne,
On n'entendait nul bruit humain;

Le chêne, hôte des bois antiques,
L'if noir et le sapin géant,
Groupés sur l'abîme béant,
Prenaient des formes fantastiques;

Sous le ciel terne un vent amer,
Fatal précurseur de l'orage,
Déjà grondait et faisait rage
Comme un ouragan sur la mer;

Nulle étoile à la sombre voûte,
Hélas! pauvres enfants perdus,
Pas un guide en ces bords ardus
Qui du doigt vous montre la route!

Tout allait les glaçant d'effroi :
Le bruit du vent dans les ramures,
Les vagues et plaintifs murmures
Imitant le glas du beffroi.

Voisine était la tour maudite;
Les enfants, en l'apercevant,
Tremblaient comme la feuille au vent...
Ils se signèrent au plus vite;

Ils voulaient fuir, un noir destin
Les clouait sur le sol aride;
Ils songeaient à la maison vide
Où leur mère, chaque matin,

Par des baisers pleins de tendresse,
Comme un doux rayon de soleil,
Venait sourire à leur réveil
Et leur prodiguer ses caresses...

Sous le noir feuillage blottis,
Ils murmurèrent ces prières

(Hélas ! peut-être les dernières)
Que Dieu même enseigne aux petits.

L'éclair brillait, et la tourmente
Eclatait au fond du ravin ;
Ils appelèrent, mais en vain,
Dans la nuit sombre et menaçante

La voix, sans écho, se perdit...
En vain, dans leur angoisse amère,
Ils allèrent criant : « Ma mère ! »
La foudre seule répondit.

. . . .
. . . .
. . . .
. . . .

Et le bûcheron, au matin,
Au pied d'une touffe embrasée,
Trouva, couchés dans la rosée
Qui baignait la mousse et le thym,

Deux enfants. Il crut, dans son rêve,
Hélas ! qu'ils n'étaient qu'endormis,
Mais la mort sur eux avait mis
Son voile épais que nul ne lève !

Mai 1863.

CARABINE

Lettre d'un étudiant à son ami, à Bar-le-Duc.

Paris, 11 juillet 18...

Depuis deux mois, sans nul répit,
Je souffre d'un secret dépit
　　Qui me tourmente;
A toi seul j'en veux faire part:
Il s'agit du brusque départ
　　De mon amante...

La diva que j'aimais ici
Elle était belle et brune ainsi
　　Qu'une améthyste;

Mais le sexe aimable est changeant...
Et déjà, rien qu'en y songeant,
    Je suis tout triste.

L'ennui, ce fantôme glacé,
Sur son front n'a jamais laissé
    Son pli morose;
Toujours un sourire éclairait
Son frais visage qu'encadrait
    Un chapeau rose.

L'hiver, ce profil adoré,
C'était comme un rayon doré
    Dans la mansarde,
Où, n'en déplaise au puritain,
L'Amour, du soir jusqu'au matin,
    Montait la garde...

Les yeux baissés, l'air ingénu,
Elle arrivait, trottant menu,
    Seule, à la brune,
Laissant flotter son voile au vent,

Envoyant sa chanson souvent
Au clair de lune.

Jamais on ne la vit au Bois
Où les Daims s'en vont quelquefois
    Suivis des Biches;
Ni le dimanche au Casino.
Elle fuyait Valentino
    Et ses fétiches...

Je n'ai pas gardé souvenir
Qu'on l'ait vue un jour applaudir,
    Ma Carabine,
Au jeu des modernes Lekain,
Ni flâner devant Arlequin
    Et Colombine.

Ni bal, ni drame : un bracelet
Lui souriait mieux qu'un couplet
    De vaudeville;
Elle aimait, en cette saison,

8.

A diner sur le frais gazon
    A Romainville;

Là, l'impromptu le plus frugal,
Pour nous était divin régal,
    Joyeuse agape,
Où, prenant le monde en pitié,
L'Amour, avec nous de moitié,
    Levait la nappe...

          .   .   .   .
          .   .   .   .

Elle est partie un beau matin,
Me laissant au Quartier-Latin
    Avec Ulysse,
Cet épagneul que, l'an passé,
Ensemble nous avons dressé
    A Saint-Maurice.

Mais nul billet; j'ai vainement
Cherché cet adieu que vraiment
    L'amour boursoufle,

Mots brûlants sur papier glacé ;
En fait d'écrit je n'ai froissé
    Qu'une pantoufle ;

Cette pantoufle, ô Valentin !
Faite de moire et de satin,
    Au pli suave,
Et que chaussait son pied coquet,
S'en va traînant sur le parquet
    Comme une épave...

Depuis ce jour, broyant du noir,
Je vois s'écouler sans espoir
    Ma vie amère ;
Pleurant mon rêve caressé,
Honteux de n'avoir embrassé
    Qu'une chimère.

Avec un toit pour horizon,
Ma chambre n'est qu'une prison
    Où je me rouille ;
Depuis que Carabine a fui

C'est toujours le boiteux Ennui
Qui m'y verrouille.

Aussi, désertant le quartier,
Las d'interroger mon portier
Et la sibylle,
Je vais où vont les Amanda,
Lorgner les hauteurs de Bréda
Et de Mabille.

Mais rien ne calme mon émoi...
Paris n'est désormais pour moi
Qu'un noir dédale,
Où j'erre de Strauss à Musard,
Cherchant mon Edith au hasard
Comme Evandale.

Elle est peut-être à l'étranger !
Un vague instinct de voyager
Souvent nous leurre...
Aux lieux où l'oranger fleurit
Peut-être à cette heure elle rit...
Et moi je pleure.

Ne va pas croire, toutefois,
Qu'aux yeux du vulgaire narquois
    Mon deuil se traîne;
Loin de là, j'enferme sous clé,
Ainsi qu'un grand drame bâclé,
    Ma lourde peine;

Et, comme un crêpe, je n'ai point
Endossé l'ignoble pourpoint
    De la Bohême,
Ni le frac des lazzaroni,
Je n'ai ni barbe inculte, ni
    Visage blême.

Non, je suis éclatant d'Elbeuf
Verni, ganté, remis à neuf,
    Et mon costume,
Qui me sied à ravir, ma foi,
Ferait honneur à Dusautoy,
    Je le présume.

Je n'en n'ai pas la gravité,
Si je suis de blanc cravaté

Comme un notaire,
Car, sous un masque souriant,
Je cache au monde insouciant
    L'affreux mystère.

Depuis que je suis seul au nid
Je déjeune chez Tortoni
    Ou chez Vachette ;
Aujourd'hui même, aux Provençaux,
En pique-nique, avec Darceaux
    De la Rochette,

Un camarade folichon ;
J'ai souffleté plus d'un bouchon
    De blond champagne ;
Vainement j'ai cherché l'oubli
Dans un grand verre tout rempli
    De vin d'Espagne.

Son souvenir a survécu :
J'ai lutté, je rentre vaincu
    Dans ma demeure ;
Demain (car je touche au concours),

Pour me changer, je veux au cours
　　Bâiller une heure.

Déjà tu pourrais t'en douter,
Cependant je dois ajouter
　　(Par parenthèse)
Qu'à vivre ainsi nonchalamment
Je ne sais, ma foi, trop comment
　　Ira ma thèse !

Par malheur, sur mon aveuir
Un sort jaloux semble tenir
　　Ses foudres prêtes ;
La marée haute a son reflux :
Mon père, hélas ! n'acquitte plus
　　Mes humbles traites...

Donc il faudrait, ô Valentin,
M'envoyer, dès lundi matin,
　　Du numéraire ;
Bientôt je te le rendrai, car

Sous peu je dois aller à Bar
   Pour me distraire.

Nous irons pêcher dans l'Ornain,
Au pied de quelque arbuste nain
   Bordant la rive;
Là, je tâcherai d'oublier...
Je veux à toi me rallier,
   Quoi qu'il arrive;

Et côte à côte, en bons amis,
Nous jaserons de tout, hormis
   De Carabine.
D'ailleurs, sur ce cas puéril,
Je t'ai devidé tout le fil
   De la bobine.

Chez toi je vais me mettre au vert;
A table, ajoute mon couvert,
   Discret Pylade !
Oreste a besoin d'un soutien :
Laisse un peu battre près du tien
   Son cœur malade !

12 juillet au matin.

POST-SCRIPTUM.

Je veux te le crier bien fort :
Valentin, souvent c'est à tort
    Qu'on se lamente !
Elle a (le fait est très-certain)
Passé ses deux mois à Pantin,
    Près de sa tante.

Elle est ici, j'y reste ! Enfin
Son joyeux sourire a mis fin
    A mes tortures !
Adieu mon rêve d'asticots !
A ton envoi joins quelques pots
    De confitures.

AUX MEMBRES DU CAVEAU MODERNE

AIR : *Je vais partir, Agnès l'ordonne* (Béranger).

La Chanson s'était endormie,
Le rire s'était envolé;
Mais vous avez l'Académie
De Piron, Gallet et Collé !
Grâce à vous, une ère de gloire
S'ouvre à plus d'un refrain nouveau;
J'en grossirais le répertoire
Si j'étais membre du Caveau !

L'aspect des pelouses fleuries
Ranime ma muse aux abois,
J'aime à portér mes rêveries
Aux sources vives des grands bois;

Fleurs du sentier, doux nids d'ombrages,
Là tout me charme au renouveau ;
Mais je dis, en lisant vos pages :
« Si j'étais membre du Caveau ! »

Réchauffez la verve gauloise,
Et sur son classique terrain
Replacez la chanson grivoise,
En vrais et joyeux boute-en-train !
Des vieux airs qu'on remet en vogue
Sachez débrouiller l'écheveau ;
J'en dresserais le catalogue
Si j'étais membre du Caveau.

En vos gais festins, d'où l'usage
Proscrit les chevaliers d'Eon,
Je saurais évoquer, je gage,
Ovide, Horace, Anacréon !
Narguant le désolé Tibulle,
J'encenserais l'in-octavo
Où dorment les chants de Catulle,
Si j'étais membre du Caveau.

Je pourrais, pareil à Properce,
En vers célébrer la beauté,
Et comme Juvénal et Perse
Fustiger le vice éhonté;
Chaque jour accordant ma lyre
Pour m'élever à leur niveau,
J'accoucherais d'une satire...
Si j'étais membre du Caveau.

Pour porter un toast à la ronde
Je viderais plus d'un flacon
Des vins fameux de la Gironde
Ou des crûs vantés de Mâcon;
Dût la liqueur enchanteresse
Me tirer parfois du cerveau
Quelques couplets de folle ivresse...
Si j'étais membre du Caveau.

Au président je dirais même :
« Quittez un sceptre suranné,
» Ayez une fleur pour emblême,
» Au lieu d'un thyrse enrubanné !

» Sans trop parler du jus des treilles,
» Arrosons-en le godiveau,
» Et ne comptons plus les bouteilles!... »
Si j'étais membre du Caveau.

« De nos jours un couplet bachique
» A besoin d'être dépouillé
» De ce fatras mythologique
» Dont nos pères l'ont barbouillé ;
» Par vos soins la chanson en France
» A repris un essor nouveau : »
Ainsi dirais-je en la séance,
Si j'étais membre du Caveau.

Mais pour démasquer l'imposture,
Pour battre en brèche les abus,
La chanson est une arme sûre :
Poëtes, ne l'oubliez plus !
A l'édifice littéraire
Ce genre a servi de claveau :
Plus qu'un autre il saurait me plaire,
Si j'étais membre du Caveau.

Sous votre éclatante bannière
Je voudrais un jour me ranger,
Une rose à la boutonnière,
En disciple de Béranger ;
J'irais, suivant les pas du Maitre,
Inventer un rhythme nouveau
Et jouer avec l'hexamètre...
Si j'étais membre du Caveau.

Mais je n'ai ni l'esprit d'Horace,
Ni la verve de Juvénal ;
Je vis loin, bien loin du Parnasse,
Dans un cercle étroit et banal ;
A mon vers boiteux et morose
Vous ne pourriez dire : « Bravo ! »
Chez vous on exige autre chose...
Je ne puis être du Caveau.

25 juin 1863.

A ALPHONSE KARR

A Nice.

Au pays où mûrit l'odorant citronnier,
Sous ce ciel que jamais ne ride aucun nuage,
Tu suspendis un jour aux saules du rivage
Ta lyre de poëte, et te fis jardinier.

Là, respirant des fleurs l'arome printanier,
Autour de ton jardin tu bornes ton voyage (1);
Ta vie en ce séjour s'écoule sans orage,
Au bruit du flot amer berçant le nautonier.

Dans le nid de verdure où tu restes blotti,
Aux lois de ton caprice on voit assujetti
Tout un folâtre essaim de guêpes vagabondes;

(1) *Voyage autour de mon jardin* par A. Karr. 1 vol. in-18.

9.

Des roses, un air pur, un splendide horizon!
Tu dois dire parfois : « Pangloss avait raison,
Et tout est pour le mieux dans le meilleur des mondes ! »

25 juillet 1863.

A MADEMOISELLE NATHALIE BLANCHET

DE SAINT-GENGOUX

Couronnée à l'Académie des *Jeux Floraux.*

Vous aimez tendrement les enfants et les fleurs (1),
Ce qui plaît aux regards a su charmer votre âme,
La Poésie en vous répand sa douce flamme,
Et sous vos doigts la lyre a des ris et des pleurs ;

Quand la Nature en fête étale ses splendeurs,
Vous pouvez du printemps chanter l'épithalame,
Et si votre esquif sombre, emporté par la lame,
D'un vers élégiaque endormir vos douleurs ;

Aux jeux qu'institua jadis Clémence Isaure,
Des palmes du succès Toulouse vous décore,
Et chacun applaudit à cet arrêt du goût...

(1) Titre d'une des pièces de mademoiselle Blanchet : *En-
funts et Fleurs.*

Que ce faible sonnet, des monts suivant la pente,
Pour saluer la Muse aille vers Saint-Gengoux,
Par la vallée ombreuse où la Grosne serpente!

17 mai 1863.

PENDANT LA PLUIE

A ma Lectrice.

Hier j'ai, sans encombre,
Parcouru jusqu'au bout
Deux cents pages d'About,
Bien que le temps fût sombre
Comme entre chien et loup.

Il pleuvait, ô Lectrice !
Un vent bruyant, parfois
De l'orage complice,
Concentrait par malice
L'averse au bord des toits.

La girouette altière
Tournoyait en grinçant;
Un masque grimaçant
Lançait par la gouttière
Des douches au passant.

A la fin d'un chapitre
J'ai, pour voir au dehors,
Laissant l'œuvre au pupitre,
Mis la tête à la vitre,
Comme il tombait alors !

On eût dit un déluge...
Un quidam tout transi,
Pressé par le souci
De trouver un refuge,
Accourait par ici...

Quand un orage est proche,
Mieux il vaudrait, je crois,
S'abriter sous le porche

Où l'on voit saint Andoche
Dans sa niche de bois :

Là, pendant la bourrasque,
Des gandins plus prudents
Jasaient en confidents,
Une main dans la basque
Et le cigarre aux dents.

Le ciel, je le proclame,
Comme un drame était noir ;
Je n'aurais, sur mon âme,
Osé risquer, Madame,
Un pied sur le trottoir !

Pourtant, de la fenêtre
Où, depuis un moment,
L'œil sur le baromètre,
Bien loin de vous, peut-être,
Je rêvais tristement.

J'ai vu, je vous l'assure,
Sans trop m'en étonner,
Bravement trottiner
Plus d'une créature
Faites pour nous damner.

Car, au risque d'un leurre
(La pluie ayant cessé),
On pouvait à cette heure
Sortir de sa demeure
Pour quelque objet pressé.

L'une, fraîche et mutine,
Arborant en faisceau
Rubans rose et ponceau,
Découvrait sa bottine
Pour franchir le ruisseau ;

Une autre, plus ingambe,
Marchant sans s'émouvoir,
A dessein laissait voir

Les contours d'une jambe
Que l'on aime à revoir...

Bref, j'ai, d'un œil profane,
Vu glisser à fleur d'eau
Plus d'un pied de sultane
Par le pli diaphane
De mon léger rideau...

Si ma voisine Elmire
(La dame, s'il vous plaît,
Dont je suis le varlet)
Doit encore me sourire
Au travers du volet;

Si, par la vitre humide,
Comme hier je dois voir
Mon aimable sylphide
Par un geste timide
Répondre à mon bonsoir;

Que la feuille éphémère
Tourbillonne à tous vents,
Comme aux jours de frimaire !
Qu'une tempête amère
Fouette mes contrevents !

Que la pluie à flots tombe
(Comme dirait Gautier),
Et qu'en mon noir quartier
L'averse ou bien la trombe
Me cloître un mois entier !

Aisément on endure
Un déluge pareil,
Quand, dans une embrasure,
On a mieux, je vous jure,
Qu'un rayon de soleil !

12 août 1863.

SUR L'EAU

Enfin nous avons dans notre nacelle
Mis tous nos agrès, du vin et des fruits ;
Détachons l'esquif, ô ma jouvencelle,
Et fuyons au loin la ville et ses bruits.

Glissons lentement sur le lac limpide,
Qui du ciel encor réfléchit l'azur ;
Laissons-nous aller où l'amour nous guide,
La brise est clémente et le temps est pur.

Il est doux, Myrta, de voir à cette heure,
Où Phœbé se joue au sein des roseaux,
Sur ce bleu miroir que ma barque effleure
Flotter la lumière en moites réseaux

Ecoutons jaser le flot qui nous berce
Et va se brisant sur des grèves d'or;
Là-bas, dans les bois qu'un zéphir traverse,
C'est le chant du pâtre ou le son du cor.

Effeuillons gaîment la verte couronne
Que tresse à nos fronts l'aimable Printemps,
Et n'oublions pas que c'est Dieu qui donne
L'amour et la sève aux cœurs de vingt ans.

Déjà nous voyons s'enfuir le rivage...
Cherchons un endroit dans les environs,
Où je puisse, au tronc du pommier sauvage,
Suspendre ma rame et mes avirons;

Quelque île boisée où, bonheur suprême,
Nous puissions ensemble asseoir notre nid,
Où souvent l'on rêve, où toujours l'on aime;
Où l'on vive heureux sous un ciel béni!

Mais un vent plus frais, à travers les saules,
Souffle en ce moment, comme à certains soirs ;
Pour qu'un flot de jais couvre tes épaules,
Déroule, Myrta, tes longs cheveux noirs.

Si près du lac où mon bonheur s'égare
Quelque abri désert enfin nous séduit,
J'y viendrai jeter ma corde d'amarre,
M'asseoir et rêver à toi chaque nuit ;

Chaque soir ainsi, ta main dans la mienne,
J'irai, loin du bord, voguer librement
En te répétant, pour qu'il t'en souvienne,
Que je veux t'aimer éternellement !

12 août 1863.

A M. ALPHONSE DE L........

Il est pour le nocher plus d'un funeste écueil,
Et souvent le Malheur en ce monde est notre hôte;
Sous les traits de la Mort il va semant le deuil;
Mais venir ainsi prendre et clouer au cercueil
Celle avec qui longtemps tu vécus côte à côte !

Mais te ravir ainsi l'appui des mauvais jours,
Celle à qui tu donnas une part de ton âme,
Cet ange du foyer, chaste et pieuse femme,
Dont le cœur, en s'ouvrant à la pitié, toujours
Sut de la charité garder l'auguste flamme !

Oui, le Sort est parfois implacable, inhumain !
J'ai compris ton angoisse et ta douleur amère ;
Quoi ! te voir enlever une épouse si chère,
Et ne pouvoir d'un mot, d'une pression de main,
Lui jeter seulement un adieu funéraire !...

La Mort insatiable a voulu plus encor
Que le vulgaire encens d'une triple hécatombe ;
Sous son arrêt fatal il faut que tout succombe ;
Mais l'âme monte à Dieu par un sublime essor,
Et le terrestre corps reste seul à la tombe.

Un instant a suffi pour qu'un heureux hymen
Sous la faux du Trépas vît se briser sa chaîne :
Elle est partie hier où nous irons demain,
Te laissant désormais seul en l'étroit chemin
Où le pied bien souvent se meurtrit et se traîne...

Dieu fasse des élus parmi tant d'appelés,
Car le funèbre drap pend à plus d'un portique.
N'apercevant que deuil et visages voilés,

Nous passons tristement sur ces bords désolés
Et pavés de tombeaux comme une voie antique.

Ah ! prions pour eux tous et ne murmurons point :
Si la mort pour le juste est toujours l'Espérance,
L'épouse au noble cœur dont tu pleures l'absence,
Et dont le corps repose en sa crypte à Saint-Point,
A déjà du Très-Haut reçu sa récompense.

Hélas ! trois mois à peine ont passé sur ce jour
Où Paris nous apprit la sinistre nouvelle :
C'est peut-être trop tôt venir parler de celle
Que ses vertus ont mise au céleste séjour,
Et qu'un ange emporta dans un pli de son aile...

Nous qui, las et courbés, traînons nos pas errants
Dans les obscurs sentiers de ce monde éphémère,
Soyons prêts quand viendra la pâle messagère,
D'un doigt sec et glacé fermer nos yeux mourants,
Et que la terre humide alors nous soit légère !

10

Si l'aumône ici-bas au ciel vaut un trésor,
Qui donc aura jamais une part aussi belle ?
Qu'elle en jouisse en paix sur la rive éternelle...
Le pays tout entier saura trouver encor
Bien des bravos pour toi, bien des larmes pour elle !

22 août 1863.

VILLANELLE RHYTHMIQUE

Il est doux d'aller, ma petite,
Rêver avec mol abandon
Au bois où l'Été nous invite;
Là, nous saurons trouver bien vite
De la mousse pour édredon;
Assis à l'ombre du mélèze
Qu'un rossignol vient réjouir,
Tout un jour nous pourrons à l'aise
    L'ouïr.

Viens sur la rive où l'on respire
A l'abri des regards jaloux;
Au désert où mon cœur m'attire,
Ce mot, qu'en secret je soupire,
Je veux te le dire à genoux;
Je veux, loin d'un monde où tout change,
Dans un solennel entretien,
Te donner mon cœur en échange
    Du tien.

Nous irons au-delà des Prêles,
Plus loin que l'étang des Roseaux,
Sous les buissons, noirs de prunelles,
Cueillir pour toi des fleurs nouvelles.
Et du plantain pour les oiseaux;
Puis, nous ferons de grosses gerbes,
Semblables aux gerbes d'épis,
Des muguets qu'on voit dans les herbes
      Tapis.

Quand nous aurons, ma toute belle,
Rempli de fraises nos paniers,
Au gîte où la nuit nous rappelle,
Nous reviendrons, couple fidèle,
Par le chemin des Châtaigniers;
De ces lieux où l'Amour nous mène
Rapportant (souvenir bien doux!)
Du bonheur pour une semaine
      Chez nous.

24 août 1863.

L'AUBERGE DU LION D'ARGENT

A M. Max Buchon.

Fantaisie réaliste

I

On voyait naguère au bord de la route
Une vaste auberge au faîte élargi,
Dressant fièrement son portrait en voûte,
Son pignon vert pomme et son toit rougi.

Une aile en retour coupait la façade ;
Moitié d'agrément, moitié potager,
Son jardin, fermé d'une palissade,
Prenait, au printemps, des airs de verger.

Là s'arrêtait plus d'un noble équipage
En livrée orange et riches galons,

10.

Et la cour, au nord, ouverte au roulage,
Etait chaque jour pleine de fourgons.

Tout s'y coudoyait : le marchand, l'artiste,
L'Anglais qui fuyait son sol de brouillard,
L'aimable indigène et le gai touriste
Tombé du coupé Laffitte et Caillard.

Il faut qu'en deux mots je vous la dépeigne,
Cette hôtellerie où je fus loger ;
Le bouquet de buis qui doublait l'enseigne
Semblait dire : Ici, l'on sait héberger.

En effet, l'hôtesse était avenante,
A peine avait-on le pied sur le seuil,
Qu'elle allait à vous, preste et souriante,
Pour vous saluer et vous faire accueil.

Le jour (pour parler un noble langage)
Où je *descendis* au *Lion d'argent*,
Tenant à la main mon mince bagage,
J'arrivais de P..., d'un pas diligent.

La ville était loin, la nuit était proche,
Je sentais en moi gronder l'appétit,
Et je voyageais, à défaut de coche,
A pied comme font les gagne-petit.

Il faisait froid, bien qu'on fût en septembre;
Mais dans ce Jura que tant nous aimons,
L'Hiver, trop souvent, n'attend pas Décembre
Pour poudrer la plaine et blanchir les monts.

II

J'entrai.—Tout d'abord l'agréable hôtesse,
D'un air empressé me vint recevoir,
Et me conduisit avec politesse
Auprès du foyer, magnifique à voir.

Sous la cheminée imposante et lourde,
Immense caverne au manteau noirci,
En cendre on voyait mourir la falourde
Et le tronc du chêne en stère étréci.

Ce n'étaient partout qu'ardentes fournaises,
Et, vers les plafonds toujours enfumés
Où le lard pendait en larges trapèzes,
Que noirs saucissons et jambons fumés.

Un basset, flairant l'odeur de cuisine,
Devant l'âtre en feu s'était accroupi,

Tandis qu'un gros chat, à robe d'hermine,
Sous l'horloge à poids se tenait tapi.

Tout allait au mieux, et suivant le rite :
Le tourne-broche au balancier criard
Promenait gaîment sur la lèche-frite
Les pluviers dorés et bardés de lard.

Puis venaient chapons et poulardes fines,
Râles et vanneaux, cailles et perdrix,
Salmis de canards et de bécassines :
Ce menu, sans doute, avait bien son prix.

Aussi s'agitait tout un monde alerte ;
Le chef, cependant, moderne Vatel,
Tournait gravement une sauce verte
Pour quelque mets à la maître-d'hôtel.

Parfois, à le voir gourmander son aide,
Parer un filet, braiser un gigot,
Activer le feu, flamber un bipède,
On eût dit du lieu l'âme et le pivot.

L'hôtesse, à vrai dire, avait sur ce monde
Le droit de maîtrise et la haute main;
Sans qu'on s'en doutât, ses yeux, à la ronde,
Sur tous ces apprêts faisaient leur chemin.

Mais plus que l'office et l'amas de vivres
Où dominaient gros et menu gibier,
J'admirais aux murs le poli des cuivres
Et le grand dressoir en bois de sorbier.

III

Ce coup-d'œil n'avait rien de bucolique,
Et j'étais encor à me demander
Pour qui ce repas pantagruélique
Quand l'hôte arriva. Je fus l'aborder.

C'était un gros homme à la mine affable,
Un type accompli de l'épicurien,
Dont la face allait s'éclairant à table
De ce rire épais et rabelaisien.

En chasseur adroit, en pêcheur habile,
Il savait trouver, selon la saison,
Pour certains gourmets venus de la ville,
Le poisson d'eau douce et la venaison.

Et la chasse étant, à cette heure ouverte,
Il eût pu, chez lui, comme un châtelain,

Vivre du gibier de la forêt verte
Et du poisson frais apporté de l'Ain.

« Veuillez m'accorder un peu d'indulgence,»
Me dit-il, avant que j'eusse parlé ;
« Nous n'attendons plus que la diligence,
» Et de ce retard je suis désolé... »

A peine il avait, de sa voix d'Hercule,
Prononcé ces mots, que l'on entendit
Dans la cour entrer le lourd véhicule,
Et presque aussitôt il en descendit :

Un gai virtuose à figure honnête,
Toujours fredonnant, et qui, disait-on,
Devers Chambéry s'en allait en quête
D'un léger ténor et d'un baryton ;

Un gros Esculape au teint frais et rose,
Dégustant les vins mieux que Sangrado,
Trois jurés ventrus que la session close
Avait, le matin, chassés de Ledo (1) ;

(1) Lons-le-Saunier.

Le bailli de C..., flairant une enquête,
Deux Nemrods bressans, en guêtres de peaux,
Venus tout exprès pour traquer la bête
Vers l'étang du Merle, au bois des Appeaux.

Tout ce monde alla se ruer à table,
Où s'étaient assis douze charretiers,
Trois marchands de bois, d'âge respectable,
Quatre maquignons et cinq grènetiers.

Le souper fut gai, comme il devait l'être ;
On causa de tout : de chasse à l'isard,
De tubes rayés, d'effet de salpêtre,
De quelques chevreuils tués par hasard ;

Des rochers aigus, où nichent les aigles,
Du temps nébuleux, froid pour la saison,
Du cours de la Bourse et du prix des seigles,
De la Vouivre même et de Lacuzon (1).

---

(1) Fameux chef de partisan.—M. Louis Jousserandot a publié sur Lacuzon les deux romans historiques si intéressants intitulés : *Le Diamant de la Vouivre* et *le Capitaine Lacuzon*.

On parla des vins (pouvait-on moins faire ?)
Le docteur obèse, expert en bons crûs,
S'écria soudain, élevant son verre :
Aux vins de l'Etoile et de Menétrux !

« Aux vins du Jura ! » répondit notre hôte ;
« Que diraient Salins et son fier vallon,
» Vernantois et nos grands crûs de la côte,
» Arbois, Pupillin et Château-Chalon ? »

Qui donc eût osé blâmer la riposte ?
Chacun applaudit énergiquement,
Et ces noms fameux, fondus dans un toste,
Nous bûmes aux vins du département...

Le souper prit fin (tout finit au monde)
Et je m'endormis d'un sommeil profond :
Je rêvai de chasse et d'hôtesse blonde,
Et d'Arbois mousseux sautant au plafond.

Dès le lendemain la route était bonne ;
Je quittai l'auberge en me promettant
D'y venir loger au prochain automne,
Et je descendis la côte en chantant...

IV

Septembre venu, des bords de la Sorne
Je fus m'installer au *Lion d'argent;*
Rien n'était changé que la maritorne,
J'y retrouvai l'hôte affable, obligeant :

« J'ai cru ce matin revenir bredouille,
» Mais heureusement je m'étais trompé, »
Dit-il, en montrant l'opime dépouille
D'un maître broquart, fraîchement scalpé...

Et dans la meilleure auberge du monde
Tout, comme autrefois, allait pour le mieux,
Car on y venait de loin à la ronde,
Et l'hôte comptait bien des envieux ;

Et je reçus là, comme à l'ordinaire,
Cet accueil qu'on trouve en Franche-Comté ;
L'hôtesse, au dessert, apporta son verre,
Et fut d'une exquise amabilité...

V

Mais toute grandeur a sa décadenee :
La ville, chef-lieu d'arrondissement,
Usant un beau jour de quelque influence,
Voulut, elle aussi, son embranchement,

Et, comme à vapeur partout on voyage,
On vit sur ces bords trôner le wagon ;
Le chemin de fer tua le roulage,
Adieu la guimbarde, adieu le fourgon !

Avec les clients disparut l'auberge ;
A sa place on voit verdir le gazon ;
Le tronçon, pareil au flot qui submerge,
A détruit l'enclos, rasé la maison.

Et le voyageur qu'un nuage emporte,
Regardant les champs du haut du remblai,
Et, reconnaissant des débris de porte,
Murmure ces mots, tristes comme un lai :

« On voyait naguère au bord de la route

» Une vaste auberge au faîte élargi,

» Dressant fièrement son portail en voûte,

» Son pignon vert-pomme et son toit rougi. »

4 septembre 1863.

A TRAVERS LE JURA

ÇA ET LA

A mon ami LACROIX, juge de paix à Saint-Martin-en-B

Par les sentiers bordés de saules
Il est doux d'aller, à l'été,
Dans ce Jura, trop peu vanté,
Un sac bouclé sur les épaules
Et la gourde pleine au côté.

Quand sur la route si battue
Du Mont-Rose et de l'Oberland,
En quête d'un site opulent,
L'artiste à courir s'évertue,
Je grimpe au Jura d'un pas lent;

Car à tout moment l'aspect change :
Un rien m'arrête ; une maison
Qu'on voit blanchir à l'horizon,
Un souvenir, un rêve étrange,
Une eau qui court sur le gazon ;

Car la nature a sur nos plages
(Soit dit sans amour de clocher)
Au pied de quelque âpre rocher,
Semé ces gracieux rivages
Qu'en Suisse on se plaît à chercher.

Elle a, de ses travaux prodigue,
Sur les torrents et les ruisseaux
Jeté de rustiques ponceaux,
Et donné des vergers pour digue
Au lac encadré d'arbrisseaux.

Comme un jardin de fleurs vermeilles,
Les sommets y sont parsemés ;

La nature, aux regards charmés,
Etale à plaisir ses merveilles
Sur ces monts, d'air pur embaumés.

Là, le poëte amant des cîmes,
Peut des grands bois où, sans aubier
Croissent le chêne et le sorbier,
Rapporter pour ses chants des rimes
Avec des fleurs pour son herbier.

*
* *

Si parfois, dédaignant la plaine
Et son vert tapis de gazon,
L'artiste, en la tiède saison,
Grimpe à ces hauteurs où l'entraîne
L'aspect d'un splendide horizon,

Il trouve au bout de chaque stade
De ces intérieurs si charmants,
Semblables aux tableaux flamands
De Teniers ou de Van Ostade,
Où tout est vie et mouvement.

Il retrouve là, dans son cadre
De fougère ou de romarin,
Le vieux manoir des bords du Rhin
Et l'amour de ferme qu'encadre
Un paysage de Lorain.

Là, quelquefois un clocher grêle
Comme un grand mât océanien,
Dresse son faîte aérien
Non loin d'un autre qui rappelle
Le campanile italien.

*
* *

Au midi, dominant la ville (1),
Montaigu, comme un fort posé
Au sommet du coteau boisé,
Se souvient de Rouget de l'Isle,
Par un hymne immortalisé (2).

De cette bourgade coquette
L'œil embrasse un vaste horizon ;
On y peut en toute saison
Boire ces vins de la Côtette
Que l'on vante non sans raison.

Quintigny, terroir qu'on adore,
Où l habitant hospitalier

(1) Lons-le-Saulnier.
(2) La *Marseillaise*.

Peut vivre ainsi qu'un prébendier,
A bon droit se flatte et s'honore
Du séjour de Charles Nodier.

Ruffey, fier de son territoire,
Où l'on voit, fournis et serrés,
Onduler les épis dorés,
Inscrit un nom dans son histoire
Parmi tous ces noms vénérés.

Lecourbe! Ce preux dont s'honore
La France et le département,
Battit l'ennemi fréquemment
Et semble à Ledo vivre encore
Dans le bronze d'un monument.

Dans ces régions sympathiques,
Le voyageur verra souvent
Les toits en manière d'auvent
Retomber sur des murs de briques,
La maison s'ouvrir au levant.

Dans les champs hérissés d'éteules
Comme des dards pointus et durs,
Ou dans l'enclos fermé de murs,
Il verra s'arrondir en meules
Des pyramides de blés murs;

Le puits dresser sur sa margelle
Sa poutre en forme de hunier,
Et partout un sol printanier,
Comme en la rive tourangelle,
Car du Jura c'est le grenier.

On y voit des perdreaux en traîne;
A l'automne, chaque habitant
Peut à son gré, libre et content,
Chasser au marais, dans la plaine,
Ou jeter la ligne à l'étang.

*
*

Si tu vas revoir Champagnole,
Que j'aperçois encor d'ici,
Visite Arlay, visite aussi
Arbois, vieille ville espagnole,
Comme a dit Gindre de Mancy.

Grâce aux variétés de cépages,
On voit pendre aux coteaux voisins
Des myriades de raisins,
Et Clio garde dans ses pages
Des noms d'illustres Arboisins.

Ici, ni cruches à fleurs peintes,
Ni vidrecomes évasés,
D'une bière blonde arrosés;
Le vin y ruissèle des pintes
Dans le verre à reflets rosés.

Au lieu du lait pur de l'étable
Qu'en montagne on sert chaque soir,
Au gîte, où l'on aime à s'asseoir,
Tu verras circuler à table
Le vin doux sorti du pressoir.

Aux environs, la paysanne,
Jolie et bonne, par surcroît,
Pour te fêter au bon endroit
Ira remplir la dame-jeanne
Au large ventre, au col étroit...

Ville d'agrément et d'étude,
Poligny mérite à son tour
Une ample visite au retour ;
Plus d'une aimable solitude
S'y fait remarquer à l'entour.

Ledo te plaira davantage
Que les bourgs du pays d'amont,
Assis qu'il est au pied du mont,

Entre le coquet Ermitage
Et la vieille tour de Pymont.

C'est pour nous la rive embaumée,
L'oasis émaillé de fleurs,
Et cette ville, entre ses sœurs,
Sera toujours la plus aimée
Comme la plus chère à nos cœurs.

**
* *

Visite avec enthousiasme,
Plutôt qu'en manière d'acquit,
La cité gothique où naquit
Gilbert Cousin, ami d'Erasme,
Et que Louis quatorze conquit (1).

La bourgade, autrefois guerrière,
Est au sommet d'un mamelon
D'où l'on domine un beau vallon.
Jadis y tinrent cour plénière
Les vaillants princes de Châlon.

La haie où fleurit l'églantine
Y borde certain promenoir

(1) Comme tout le reste de la province. Mais la place de
Nozeroy, de même que d'autres villes fortes de la Franche-
Comté, ne tomba au pouvoir de Louis XIV, que grâce à la
trahison du trop fameux abbé de Watteville. (Voir *Histoire
de la Franche-Comté*, par E. Rougebief.)

D'où chacun à ses pieds peut voir
Se dérouler la Serpentine
Comme un fantastique miroir.

Cette rivière calme et douce
Aux méandres capricieux,
Coulant sous d'admirables cieux,
Et son lit d'algues et de mousse
Nourrit un poisson délicieux (1).

Il faut sous cette latitude
Voir la cascade du moulin (2),
Les ruines de Château-Villain,
Au fond d'une âpre solitude,
Le lit et la source de l'Ain.

Et la chute gigantesque
Entre deux parois du rocher,

(1) La truite saumonée. On y pêche aussi d'excellentes
écrevisses.
(2) Le moulin du Saut.

En ce val (1) qu'on aime à chercher,
Contrée aride et pittoresque
D'où l'on a peine à s'arracher.

(1) La vallée des Planches.

*
* *

Si tu retardais ton voyage,
L'an prochain, c'est notre ballot,
Au lieu d'attelage à grelot,
Nous pourrions emprunter, je gage,
Le petit railway d'Andelot,

Au pied du sapin ou du tremble,
Las de parcourir les hauteurs,
Le soir, en pieux auditeurs,
Nous saurions recueillir ensemble
Les légendes des vieux conteurs.

On verrait groupés sur nos pages
Ces sites gardés de l'oubli :
Chalain, par son lac embelli,
Beaulieu, Vaucluse et ses rivages,
Val d'Amour et val de Chambly.

Et *tutti quanti*, comme disent
Les patriotes transalpins,
Nous pourrions, des bois de sapins
Que nos souvenirs poétisent,
Rapporter des graines de pins.

C'est le propre des belles âmes
De savoir s'arranger de peu ;
Mais en attendant la Saint-Leu,
Les respects du cœur à Mesdames,
Un bonjour à ton cordon bleu (1).

P.-S. Le porteur de ce long chapitre,
Qu'en vain j'ai tenté d'abréger,
Est le gendarme Béranger,
Excuse, en faveur de l'épître,
La rudesse du messager.

(1) Sylvie.

26 septembre 1863.

LOIN DU FOYER

SONNET

Tel qui vivrait heureux aux paternelles plages,
Aspire à voir le monde et ses climats divers,
Et, confiant sa barque au caprice des mers,
Promène son ennui sur de lointains rivages.

Mais l'Océan perfide est fertile en mirages ;
Les fraîches oasis ont fait place aux déserts ;
L'illusion s'envole, et des chagrins amers
L'accablent au retour de ses trop longs voyages.

Celle à qui, tout joyeux de l'espoir de sa main,
Il disait : « Je vous aime ! » au détour du chemin,
Comme le moineau franc avait pris sa volée.

Sa pauvre mère était morte à la floraison...
Pourquoi poursuivre au loin quelque chimère ailée,
Quand le bonheur souvent vous berce à la maison ?

28 septembre 1863.

AU PUBLIC

Voilà mes essais, docte aréopage,
Un public lettré se montre exigeant,
On ne lui dit point : « Soyez indulgent,
« Si de vers mal nés j'ai noirci la page. »

Toujours sainement il juge un ouvrage :
Craignant pour mon livre un blâme affligeant,
J'ai mis à l'écrire un soin diligent;
Rester coi sans doute eût été plus sage.

« Montrons à l'auteur qu'il s'est abusé,
» La rime est boiteuse et le thème usé ! »
Direz-vous peut-être en votre sentence.

Hélas ! j'en ai peur; mais sous votre arrêt,
Qu'il porte ma peine ou ma récompense,
A courber le front, lecteurs, je suis prêt.

1er octobre 1863.

12

TABLE

—

Paris — Imprimerie VALLÉE, 15, rue Breda.

www.ingramcontent.com/pod-product-compliance
Lightning Source LLC
Chambersburg PA
CBHW051822020726
47502CB00005B/1578